能在你的葬礼上

描述你一生的人

4

[德]赫尔曼·黑塞 等著

钱春绮 等译

哈尔滨出版社
HARBIN PUBLISHING HOUSE

目 录
CONTENTS

高山的傍晚 /［德］赫尔曼·黑塞　　1

梦母 /［德］赫尔曼·黑塞　　3

献给我的母亲 /［德］赫尔曼·黑塞　　5

云与波 /［印度］泰戈尔　　7

对岸 /［印度］泰戈尔　　9

春思 /［日］坂本辽　　11

膳厅 /［法］弗兰西斯·耶麦　　13

告别 /［印度］泰戈尔　　15

未来 /［智利］米斯特拉尔　　17

母亲的回忆 /［智利］米斯特拉尔　　19

赠品 / [印度] 泰戈尔	25
我的歌 / [印度] 泰戈尔	27
深渊 / [英] 曼斯菲尔德	29
在一起睡 / [英] 曼斯菲尔德	31
在一次葬礼之后 / [德] 赫尔曼·黑塞	33
冥途 / [日] 内田百闲	40
与幼小者 / [日] 有岛武郎	44
当你老了 / [爱尔兰] 威廉·巴特勒·叶芝	61
爱就是陪伴 / [葡] 费尔南多·佩索阿	63
致凯恩 / [俄] 普希金	65
我愿意是急流 / [匈牙利] 裴多菲	67

当我默察一切活泼泼的生机 /［英］莎士比亚　　70

我怎么能够把你来比作夏天 /［英］莎士比亚　　72

自从离开你，眼睛便移居心里 /［英］莎士比亚　　74

既然我的唇…… /［法］维克多·雨果　　76

邀旅 /［法］夏尔·皮埃尔·波德莱尔　　78

给西里亚 /［英］本·琼森　　81

绿 /［法］保尔·魏尔伦　　83

乘着歌声的双翼 /［德］海因里希·海涅　　85

除了爱你我没有别的愿望 /［法］保罗·艾吕雅　　87

我怎么称呼你？ /［匈牙利］裴多菲　　89

雪 /［法］果尔蒙　　92

发 /［法］果尔蒙　　94

冬青 /［法］果尔蒙　　96

树脂流着 /［法］弗兰西斯·耶麦　　98

在我的心底 /［日］岛崎藤村　　101

3

我想和你一起生活在小镇 / [俄]玛琳娜·茨维塔耶娃　103

爱的生命 / [黎巴嫩]纪伯伦　105

致燕妮 / [德]卡尔·马克思　109

艾莱阿诺尔 / [德]赫尔曼·黑塞　113

沉默许久之后 / [爱尔兰]威廉·巴特勒·叶芝　115

热情 / 朱湘　116

早安 / [英]约翰·邓恩　119

丽斯 / [法]维克多·雨果　121

初恋悲歌 / [法]维克多·雨果　124

一个星期 / [英]哈代　127

我究竟怎样爱你 / [法]伊丽莎白·芭蕾特·勃朗宁　129

爱在我们之间升起 / [西班牙] 米洛尔·埃尔南德斯　131

旭日不曾以如此温馨的蜜吻 / [英] 莎士比亚　133

来得太迟的爱情 / [英] 莎士比亚　135

不，爱没有死 / [法] 罗伯尔·德斯诺斯　137

Beata Solitudo / [英] 欧内斯特·道生　140

请你暂敛笑容，稍感悲哀 / [英] 欧内斯特·道生　143

In Tempore Senectutis / [英] 欧内斯特·道生　146

辞别 / [英] 欧内斯特·道生　148

园丁集（节选）/ [印度] 泰戈尔　150

笑与泪 / [黎巴嫩] 纪伯伦　155

别离辞：节哀 / [英] 约翰·邓恩　159

给秋天 / 林徽因　162

问谁 / 徐志摩　164

陶杯 / [智利] 米斯特拉尔　168

徒劳的等待 / [智利] 米斯特拉尔　170

忆 / [英]艾米丽·勃朗特　　　　　　　　　173

我灵魂的深处埋着一个秘密 / [英]拜伦　　176

歌 / [英]克里斯蒂娜·罗塞蒂　　　　　　178

流离 / [英]欧内斯特·道生　　　　　　　180

Vanitas / [英]欧内斯特·道生　　　　　　182

分离 / [英]哈代　　　　　　　　　　　　184

在心眼里的颜面 / [英]哈代　　　　　　　186

四月之爱 / [英]欧内斯特·道生　　　　　188

我要留在这儿 / [英]莎士比亚　　　　　　190

黄昏时候 / [法]莱昂-保尔·法尔格　　　193

客来 / [德]赫尔曼·黑塞　　　　　　　　196

命运的日子 / [德]赫尔曼·黑塞　　　　　　　　　198

多瑙把一颗不再跳动的心 / [英]阿尔弗雷德·丁尼生　　200

我不妒忌笼中出生的小鸟 / [英]阿尔弗雷德·丁尼生　　202

如今最后一片积雪正在融化 / [英]阿尔弗雷德·丁尼生　204

你的声音随风流动 / [英]阿尔弗雷德·丁尼生　　206

挚友 / [日]尾崎喜八　　　　　　　　　　　　208

致普欣 / [俄]普希金　　　　　　　　　　　　211

致谢尔宾宁 / [俄]普希金　　　　　　　　　　215

没有听见她说一个字 / [希腊]萨福　　　　　　218

阿狄司，你也许会相信 / [希腊]萨福　　　　　220

假如 / [罗马尼亚]米哈伊·爱明内斯库　　　　222

赠你这几行诗 / [法]夏尔·皮埃尔·波德莱尔　224

子规的画 / [日]夏目漱石　　　　　　　　　226

我带着你身体的赐予，
　用你造就的双唇说话，
用你给的双眼去注视神奇的大地。

高山的傍晚

[德]赫尔曼·黑塞
钱春绮 译

献给我的母亲

幸福的一天,阿尔卑斯山像火烧……
现在我真想让你看明媚的远方,
伴着你伫立多时,闷声不响,
沉浸于喜悦——哦,你为何竟死去了!

额头上面戴着云冠的黑夜
从山谷之间升起,多么庄重,

它轻轻抹去绝壁、牧场和雪峰；
我注望着——没有你，有什么意思？

这时，黑暗和沉寂从四面压来；
我心中昏暗，悲愁油然而生。
忽然，附近似有轻轻的脚步声：
"是我！是我！我儿，你认不出来？

"明朗的白天，你去独自欣赏！
可是，在没有星光的夜深时分，
你那灰暗的惴惴不安的灵魂
渴望我来时，我一定在你身旁。"

梦　母

［德］赫尔曼·黑塞
钱春绮　译

在外面的温暖的草地上，
我要仰看天上的白云，
闭上我的疲倦的眼睛，
一直走向梦幻之乡，
前去会晤我的母亲。

哦，她已听到我的声音！
她轻轻走到我的身旁，
迎接来自远方的儿郎，
把我的额头、我的双手

悄悄地搁在她的膝上。

她现在可要问长问短?
说出来只有使我惶恐,
使我叹息,使我苦痛。
不,她露出笑容!她笑盈盈地
庆幸久别后又能重逢。

献给我的母亲

[德] 赫尔曼·黑塞
钱春绮 译

我有许多话要对你讲,
我在异乡待得太久长,
可是最了解我的是你,
不论是在什么时光。

在孩子般胆怯的手里,
如今,我捧着最初的献礼,
我早就想把它呈给你,
你却已经闭上了眼皮。

可是，我读时，竟然感到
奇妙地忘掉我的痛苦，
因为，你那慈祥的存在，
用千丝万缕将我裹住。

云 与 波

[印度]泰戈尔

郑振铎 译

妈妈，住在云端的人对我唤道——

"我们从醒的时候游戏到白日终止。

"我们与黄金色的曙光游戏，我们与银白色的月亮游戏。"

我问道："但是，我怎么能够上你那里去呢？"

他们答道："你到地球的边上来，举手向天，就可以被接到云端里来了。"

"我妈妈在家里等我呢，"我说，"我怎么能离开她而来呢？"

于是他们微笑着浮游而去。

但是我知道一件比这个更好的游戏，妈妈。

我做云，你做月亮。

我用两只手遮盖你，我们的屋顶就是青碧的天空。

住在波浪上的人对我唤道——

"我们从早晨唱歌到晚上；我们前进又前进地旅行，也不知我们所经过的是什么地方。"

我问道："但是，我怎么能加入你们队伍里去呢？"

他们告诉我说："来到岸旁，站在那里，紧闭你的两眼，你就被带到波浪上来了。"

我说："傍晚的时候，我妈妈常要我在家里——我怎么能离开她而去呢？"

于是他们微笑着，跳舞着奔流过去。

但是我知道一件比这个更好的游戏。

我是波浪，你是陌生的岸。

我奔流而进，进，进，笑哈哈地撞碎在你的膝上。

世界上就没有一个人会知道我们俩在什么地方。

对　岸

［印度］泰戈尔

郑振铎　译

我渴想到河的对岸去。

在那边，好些船只一行儿系在竹竿上；

人们在早晨乘船渡过那边去，肩上扛着犁头，去耕耘他们的远处的田；

在那边，牧人使他们鸣叫着的牛游泳到河旁的牧场去；

黄昏的时候，他们都回家了，只留下豺狼在这满长着野草的岛上哀叫。

妈妈，如果你不在意，我长大的时候，要做这渡船的船夫。

据说有好些古怪的池塘藏在这个高岸之后。

雨过去了,一群一群的野鹜飞到那里去,茂盛的芦苇在岸边四围生长,水鸟在那里生蛋;

竹鸡带着跳舞的尾巴,将它们细小的足印印在洁净的软泥上;

黄昏的时候,长草顶着白花,邀月光在长草的波浪上浮游。

妈妈,如果你不在意,我长大的时候,要做这渡船的船夫。

我要自此岸至彼岸,渡过来,渡过去,所有村中正在那儿沐浴的男孩女孩,都要诧异地望着我。

太阳升到中天,早晨变为正午了,我将跑到你那里去,说道:"妈妈,我饿了!"

一天完了,影子俯伏在树底下,我便要在黄昏中回家来。

我将永不同爸爸那样,离开你到城里去做事。

妈妈,如果你不在意,我长大的时候,要做这渡船的船夫。

春　思

[日] 坂本辽

李玲　译

山顶田地，

母亲孤身一人

斜倚锄头；

小小的身体寄于

辽阔天空；

漫天飞舞的云雀

啁啾争鸣。

母亲在侧耳倾听吧？

村子里牛哞哞低吟，

余韵悠长。

母亲在怔怔回味吧?

多么辽阔,多么美丽。

春光流转,母亲增岁,

岁月在母亲身上的痕迹清晰可见。

睹之思之,倍感凄切,

想见您呵!我的母亲。

膳　厅

[法] 弗兰西斯·耶麦

戴望舒　译

赠Adrien Dlanté先生

有一架不很光泽的衣橱，
它会听见过我的姑祖母的声音，
它会听见过我的祖父的声音，
它会听见过我的父亲的声音。
对于这些记忆，衣橱是忠实的。
别人以为它只会缄默着是错了，
因为我和它谈着话。

还有一个木制的挂钟。
我不知道为什么它已没有声音了。
我不愿去问它。
或许那在它弹簧里的声音，
已是无疾而终了，
正如死者的声音一样。

还有一架老旧的碗橱，
它有蜡的气味，糖果的气味，
肉的气味，面包的气味和熟梨的气味。
它是个忠心的仆役，它知道
它不应该窃取我们一点东西。

有许多到我家里来的男子和妇女，
他们不信这些小小的灵魂。
而我微笑着，他们以为只有我独自个活着。

当一个访客进来时问我说：
——你好吗，耶麦先生？

告　别

[印度]泰戈尔

郑振铎　译

是我走的时候了，妈妈；我走了。

当清寂的黎明，你在暗中伸出双臂，要抱你睡在床上的孩子时，我要说道："孩子不在那里呀！"——妈妈，我走了。

我要变成一股清风抚摸着你；我要变成水的涟漪，当你浴时，把你吻了又吻。

大风之夜，当雨点在树叶中淅沥时，你在床上，会听见我的微语；当电光从开着的窗口闪进你的屋里时，我的笑声也偕了它一同闪进了。

如果你醒着躺在床上，想你的孩子到深夜，我便要从星空向你唱道："睡呀！妈妈，睡呀。"

我要坐在各处游荡的月光上，偷偷地来到你的床上，趁你睡着时，躺在你的胸上。

我要变成一个梦儿，从你的眼皮的微缝中，钻到你睡眠的深处。当你醒来吃惊地四望时，我便如闪耀的荧火似的熠熠地向暗中飞去了。

当普耶节日，邻舍家的孩子们来屋里游玩时，我便要融化在笛声里，整日价在你心头震荡。

亲爱的阿姨带了普耶礼来，问道："我们的孩子在哪里，姊姊？"妈妈，你将要柔声地告诉她："他呀，他现在是在我的瞳仁里，他现在是在我的身体里，在我的灵魂里。"

未　来

［智利］米斯特拉尔
赵振江　译

萧瑟荒索的寒冬，
将掠过我的心灵。
日光会将我刺伤，
歌声会使我溃疡。

平直稀疏的发缕，
使我满脸倦容。
六月紫罗兰的馨香，
也会使人丧生！

母亲的太阳穴，

盖上了灰土层层，

我的两膝当中，

不会有金发的儿童。

为了不搅动坟墓，

我不看麦地、天空，

重新牵动死者，

我的心会发疯。

我所寻求的人儿，

已经化作朦胧，

就是进入极乐，

也不能与他重逢。

母亲的回忆

［智利］米斯特拉尔
孙柏昌　译

母亲：在你的腹腔深处，我的眼睛、嘴和双手无声无息地成长。你用自己那丰富的血液滋润我，像溪流浇灌风信子那藏在地下的根。我的感官都是你的，并且凭借着这种从你的肌体上借来的东西在世界上流浪。大地所有的光辉——照射在我身上和交织在我心中的——都会把你赞颂。

母亲：在你的双膝上，我就像浓密枝头上的一颗果实，业已长大。你的双膝依然保留着我的体态，另一个儿子的到来，也没有让你将它抹去。你多么习惯摇晃我呀！当我在那数不清的道路上奔走时，你留在那儿，留在家的门廊里，似乎为感觉不到我的重量而忧伤。在《首席乐师》流传的近百首歌曲中，没有一种旋律会比你的摇椅的旋律更柔和的呀！母亲，我心中那些愉快的事情总是与你的手臂和双膝联在一起。

而你一边摆晃着一边唱歌，那些歌词不过是一些俏皮话，一种为了表示你的溺爱的语言。

在这些歌谣里，你为我唱到大地上的那些事物的名称：山，果实，村庄，田野上的动物，仿佛是为了让你的女儿在世界上定居，仿佛是向她列数家庭里的那些东西，多么奇特的家庭呀！在这个家庭里，人们已经接纳了她。

就这样，我渐渐熟悉了你那既严峻又温柔的世界：那些（造物主的）创造物的意味深长的名字；没有一个不是从你那里学来的。在你把那些美丽的名字教给我之后，老师们只有使用的份儿了。

母亲，你渐渐走近我，可以去采摘那些善意的东西而不至于伤害我：菜园里的一株薄荷，一块彩色的石子；而我就是在这些东西身上感受了（造物主的）那些创造物的情谊。你有时给我做、有时给我买一些玩具：一个眼睛像我的一样大的洋娃娃，一个很容易拆掉的小房子……不过那些没有生命的玩具，我根本就不喜欢，你不会忘记，对于我来说，最完美的东西是你的身体。

我嬉弄你的头发,就像是嬉弄光滑的水丝;抚弄你那圆圆的下巴、你的手指,我把你的手指辫起又拆开。对于你的女儿来说,你俯下的面孔就是这个世界的全部风景。我好奇地注视你那频频眨动的眼睛和你那绿色瞳孔里闪烁着的变幻的目光。母亲,在你不高兴的时候,经常出现在你脸上的表情是那么怪!

的确,我的整个世界就是你的脸庞。你的双颊,宛似蜜一样颜色的山岗,痛苦在你嘴角刻下的纹路,就像两道温柔的小山谷。注视着你的头,我便记住了那许多形态:在你的睫毛上,看到小草在颤抖;在你的脖子上,看到植物的根茎;当你向我弯下脖子时,便会皱出一道充满柔情的褶痕。

而当我学会牵着你的手走路时,紧贴着你,就像是你裙子上的一条摆动的褶皱;这时我去熟悉我们的谷地。

父亲总是非常希望带我们去走路或爬山。

我们更是你的儿女;我们继续厮缠着你,就像苦巴杏仁被密实的杏核包裹着一样。我们最喜欢的天空,不是闪烁着亮晶晶寒星的天空,而是另一个闪烁着你的眼睛的天空;它离得那么近,近得可以亲吻它的泪珠。

父亲陷入了生命那冒险的狂热；我们对他白天所做的事情一无所知。我们只看见，傍晚，他回来了，经常在桌子上放下一堆水果；看见他交给你放在家里的衣柜里的那些麻布和法兰绒；你用这些布为我们做衣服。然而，剥开果皮喂到孩子的嘴里并在那炎热的中午榨出果汁的，都是你呀，母亲。画出一个个小图案，再根据这些图案把麻布和法兰绒裁开，做成孩子那怕冷的身体穿上正合身的、松软的衣服的，也是你呀，温情的母亲，最亲爱的母亲。

孩子已学会了走路，同样也会说那像彩色玻璃球一样的多种多样的话了。在交谈中间，你对我加上的一句轻轻的祈祷，从此便永远留在了我们的身边直至生命的最后一天。这句祈祷像百合中的宽叶香蒲一样质朴。当人们在这个世界上需要温柔而透明的生活的时候，我们就用如此简单的祈祷乞求：乞求每天的面包，说，人们都是我们的兄弟，也赞美上帝那顽强的意志。

你以这种方式为我们展示了一幅充满形态和色彩的油画般的大地，同样也让我们认识了隐匿起来的上帝。

母亲，我是一个忧郁的女孩，又是一个孤僻的女孩，就像是那些白天藏起来的蟋蟀，又像是酷爱阳光的绿蜥蜴。你为你的女儿不能像别的女孩一样玩耍而难受，当你在家里的葡葡架下找到她，看到她正在与卷曲的葡萄藤和一棵像一个漂亮的男孩子一样挺拔而清秀的苦巴杏树交谈时，你常常说，她发烧了。

此时此刻，她又对你这样说话，你并没有回答她；倘使你在她的身边，就会把手放在她的额头上，像那时一样对她说："孩子，你发烧了。"

母亲，在你之后的所有的人，在教你所教给她的东西时，他们都要用许多话才能说明你用极少的话就能说明白的事情。他们让我听得厌倦，也让我对听"讲故事"索然无味。你在她身上进行的教育，像亲昵的蜡烛的光辉一样。你不用强迫的态度去讲，也不是那样匆忙，而是对自己的女儿倾诉。你从不要求自己的女儿安安静静规规矩矩地坐在硬板凳上。她一边听你说话一边玩你的薄纱衫或者衣袖上的珠贝壳扣。母亲，这是我所熟悉的唯一的令人愉快的学习方式。

后来，我成了一个大姑娘，再后来，我成了一个女人。我独自行走，不再倚傍你的身体，并且知道，这种所谓的自由并不美。我的身影投射在原野上，身边没有你那小巧的身影，该是多么难看而忧伤。我说话也同样不需要你的帮助了。我还是渴望着，在我说的每一句话里，都有你的帮助，让我说出的话，成为我们两个人的一个花环。

此刻，我闭着眼睛对你诉说，忘却了自己身在何方；也无须知道自己是在如此遥远的地方；闭紧双眼，以便看不到，横亘在你我中间的那片如此辽阔的海洋。我和你交谈，就像是摸到了你的衣衫；我微微张开双手，我觉得你的手被我握住了。

这一点，我已对你说过：我带着你身体的赐予，用你造就的双唇说话，用你给的双眼去注视神奇的大地。你同样能用我的这双眼看见热带的水果——散发着甜味的菠萝和光闪闪的橙子。你用我的眼睛欣赏这异国的山峦景色，它们与我们那光秃秃的山峦是多么不同呀！在那座山脚下，你养育了我。你通过我的耳朵听到这些人的谈话，你会理解他们，爱他们；当对家乡的思念像一块烧伤，双眼睁开，除了墨西哥的景色，什么也看不见的时候，你也会同样感到痛苦。

今天，直至永远，我都会感谢你赐予我的采撷大地之美的能力，像用双唇吸吮一滴露珠；也同样感激你给予我的那种痛苦的财富，这种痛苦在我的心灵深处可以承受，而不至于死去。

为了相信你在听我说话，我就垂下眼睑，把这儿的早晨从我的身边赶走，想像着，在你那儿，正是黄昏。而为了对你说一些其他不能用这些语言表达的东西，我渐渐地陷入了沉默……

赠　品

[印度] 泰戈尔

郑振铎　译

　　我要送些东西给你，我的孩子，因为我们同是漂泊在世界的溪流中的。

　　我们的生命将被分开，我们的爱也将被忘记。

　　但我却没有那样傻，希望能用我的赠品来买你的心。

　　你的生命正是青青，你的道路也长着呢，你一口气饮尽了我们带给你的爱；便回身离开我们跑了。

　　你有你的游戏，有你的游伴。如果你没有时间同我们在一起，如果你想不到我们，那有什么害处呢？

　　我们呢，自然的，在老年时，会有许多闲暇的时间，去计算那过去的日子，把我们手里永久失了的东西，在心里爱抚着。

河流唱着歌很快地流去，冲破所有的堤防。但是山峰却留在那里，忆念着，满怀依依之情。

我 的 歌

[印度]泰戈尔
郑振铎 译

我的孩子,我这一支歌将扬起它的乐声围绕你的身旁,好像那爱情的热恋的手臂一样。

我这一支歌将触着你的前额,好像那祝福的接吻一样。

当你只是一个人的时候,它将坐在你的身旁,在你耳边微语着;当你在人群中的时候,它将围住你,使你超然物外。

我的歌将成为你的梦的翼翅,它将把你的心移送到不可知的岸边。

当黑夜覆盖在你路上的时候,它又将成为那照临在你头上的忠实的星光。

我的歌又将坐在你眼睛的瞳仁里,将你的视线带入万物的心里。

当我的声音因死亡而沉寂时,我的歌仍将在你活泼泼的心中唱着。

深 渊[1]

[英] 曼斯菲尔德

徐志摩 译

隔离着你我的是一个沉默的深渊。

我站在渊的这一边,你在那一边。

我见不到也听不到你,可知道你是在那里。

我再三提着你的小名儿呼唤你,

还把我自己叫的回声当作你的答应。

我们如何填起这个深渊?

再不能用口,也不能用手。

我先前曾想我们许可以把眼泪

---

[1] 此诗是作者为早夭的弟弟所作。

来填得它满满的。

现在我要用我们的笑声来

销毁了它。

在一起睡

［英］曼斯菲尔德
徐志摩　译

在一起睡……你倦得成个什么样子！
我们的屋子多么暖和……看这灯光
散落在板壁上，顶板上和大白床上！
我们像孩子似的低着声音说话，
一会儿是你，又一会儿是我，
睡了一晌又醒过来说——
亲爱的，我一点也不觉困，
不是你就是我说。
有一千年了吧？
我在你的怀抱中醒来——你睡得着着的——

我听得绵羊在走路的蹄声,

轻轻的我溜下了地,爬着走到

挂着帘子的窗口,

你还睡你的觉,

我望着一群羊在雪地里过去。

一群的思想,跟着它们的牧人"恐惧"

颤抖着,在寒夜里凄凉的走着道,

它们走进了我的心窝如同羊进了圈!

一千年……还不是昨天吗?

我们俩,远远的两个孩子

在黑暗中站得紧紧的,

躺在一起睡?

你倦得成个什么样子!

在一次葬礼之后

[德]赫尔曼·黑塞
钱春绮 译

1

潮湿的绳索摩擦在棺柩之旁,
我们凄然站在十一月的雨中
黏土质的草地上,茫然悲恸。
只有你已经不在,你已仓皇

离开我们和世界,胆怯的孩子,
在这世界上你从没找到正道。
我们站在你墓旁,满怀忧思,

我们来得太迟。你已经消逝了。

我们在草地上面伫立了很久,
好像还要对你尽一点赤诚,
好像不应该就这样互相分手,
好像害怕着会步你的后尘。

2

那一天夜间，在你出走以后，
当你绝望地在森林中前行，
对痛苦的死亡已抱定决心，
我们却没有入睡，避免担忧，
沉缅于安慰、理性、无力的希望。
那一天夜间，也许你从花园里，
从田野里，看到窗上的灯光，
知道你的家人不安地等着你，
可是你却不得不回你的地狱，
因为你该回何处？……你的道路
变得昏暗，充满恶意，充满
完全的绝望，你只等那声呼唤,

最后的大声呼唤,它使你奋勇
走出最后的一步,向前直冲……

那一天夜间,我怎么也不能入睡,
虽然不相信你会回到家里来,
可是也不愿想到你会死亡,
就这样患得患失地左思右想,
突然间,从黑暗之中,我看到你,
溜回到我的记忆的光亮中来,
我面前又站着一个小小的孩子,
默然不语,忧伤地把眼睛张开,
在责怪我,求我不要发脾气,
因为,比你大的我,打过了你……

在那个时刻,也许你还在黑夜里
迷途彷徨,也许你已经身死,
你使我感到自卑。哦,你对我这个
年长者、坚强者,多么耐心地忍受,
我多么轻率地犯了疏忽的罪愆,
当时和以后!就在几天之前,
你曾对我讲过你担心的事情,

我稍稍劝告你，看到你有点高兴，
还自感满意！我以前打过了你……
随后，我看到，你是多么痛苦，
我曾有好几次要决心跟你讲一讲，
尽管你觉得我比你幸福而坚强，
生活对于我，却常是痛苦和牢狱。
可是我没说，我没想让你信任，
我从未让你看到我的秘密，
我安慰、和蔼、劝人，却把自己的
种种烦恼隐藏着，不去示人。
因此，现在，你这个敏感的少年，
曾被我打过，感到愤慨的少年，
再也不听我们的安慰和解劝，
丢掉沉重的包袱，突然之间
投入死亡的怀抱。哦，从童年时代
直到今天，一切过失和懦怯
多令人伤痛！哦，现在，我的心
对它黑暗的深处看得多分明！

我们在墓旁，雨水从伞上滴下……
要是能再见你一次，坦坦率率地

向你承认，我们耽误了大事，
我们多爱你，我们会不惜代价。
我们狼狈地伫立着，心一直在跳，
真想把我们的过失随你埋掉，
我们盼望你回来，可爱的男孩，
却把你单独丢进另一个世界，
那世界对你太大，太黑暗，真令人
无限伤悲。我们现在要镇静，
最后，再回到那个世界，在那里
我们将把坟墓和你都忘记，
在苦难和一半幸福之间继续
走我们尘世上的贫乏的道路。

我们对自己和你，都感到负债，
你却躺下了，轻轻的微笑浮在
你的脸上，对我们的事再不想
知道什么，你逃避，已如愿以偿。
现在你可以静静地忍耐地安息，
看上去你是多么悠然而大悦！

3

从那时以后,我在好多时间里
重新发现了你的青春的优美,
想起你那温柔的少年的样子,
重新看到好多埋没的魅力。
我见你,在圣诞树下,还是个小孩,
俯向桌上的礼物,笑逐颜开,
湿润的眼睛,闪着美梦和愉快。
我见你,一个少年,跟我一同
欣赏那映在晨曦之下的雪峰,
初尝旅行的滋味,我又见到你
跟群孩玩耍,你自己又变成孩子,
仿佛新鲜的晨风,你的笑声
和歌声向我飘来,我又深信
你在勇敢地走去,冲破一切
忧虑和黑暗,保持内心的纯洁,
不像别人,若是处在跟你
相同的困境,很少能够自持。
你已摆脱我们的微弱的保护,
留下潮湿的土中的一座坟墓,

它守护着我的亲爱的兄弟。
谁想到，他死后，空间竟变得如此
空空旷旷！人们走出坟场，
多么孤独！任何人都会期望
给自己找个舒适的长眠的花园，
可是他不会想到：往登彼岸。

冥　途

[日] 内田百闲

李玲　译

　　高大晦暗的河堤安静、清冷，在寂静的夜里蔓延，不知始于哪里通往何处。在河堤的下面，有一间棚子搭建的简易饭铺。映着煤油灯的光亮，河堤浮出模糊的光晕。我坐在饭铺泛白的凳子上，什么都没吃，但人情暖味却沁满内心。桌子上没放任何物什，桌板上泛着清冷的光，使我的脸颊越发冰凉。

　　邻桌凳子上坐着四五个人，看似结伴而来，正在吃着什么，他们的声音沉稳，饶有兴致地聊着，时而静静一笑。其中一人说到：

　　"也不必提着灯去迎接，不必。"

　　这句话像是幻听，并不大真切，因此所为何事竟是不解，但我没来由的格外在意，无法对此置若罔闻。过了一会儿，突然有一个人似乎在说我，这令我怒从心生，于是回头看向那些男人，却不知是何人所说。这时，外面又有声音说到："那也没办法，事已至此，都怪我们。"声音洪亮又淡然。

听到此话，当时我曾一时恍惚，随即潸然泪下。也并非因为什么事，只是觉得自己悲伤不已。我觉得自己好像要回忆出来什么了却是无果，竟是忘了缘何悲伤。

过了片刻，我吃了醋拌胡萝卜叶，喝了黏糊糊的山芋汤。邻桌一行又在说些别的事情，时而微声一笑。刚才声音洪亮的人是一位约莫五十多岁的老者。这位老者的身影在我看来，就像皮影戏中幕布上的剪影，能看到他不时加以手势比画，与同行的人攀谈。虽能看见，却无法看清他的样子。说的事情更是无从知晓。就像我也听不到他刚刚在说什么。

时不时的有什么从河堤上通过，好像盯着时间一样定期来访，又倏忽不见。这种时候，通常投射来凄然的影子使人动弹不得。大家都保持沉默，邻桌的人紧挨着身子，相拥而坐。我是一个人，所以就双手交握，紧缩腿脚，一动不动。

等它们过去之后，邻桌又开始断断续续地交谈。他们的样子和言语于我依然模糊不清，但那份祥和静谧确令我羡慕不已。

我眼前的纸拉门向里关闭着。纸拉门上落着一只蜜蜂，只见它在向上爬，但似乎是因翅膀卷曲而无法飞起，在纸拉门上扑腾着簌簌作响。这只蜜蜂从我的角度来看，倒是比外边的东西更清晰可见。

邻桌一行似乎也看到这只蜜蜂。刚才的那个人说了句"有只蜜蜂"，这句话我也听得真切。之后，他又说道：

"那是一只很大的蜜蜂，名字大约叫熊蜂吧，有很大，跟我大拇指这么大。"说到这里，那个人竖起了大拇指。那个大拇指，我也看得很清楚。此时突然从心底涌出一股似曾相识的亲切感，我呆呆地看着他们，不觉间已泪水盈眶。

"把蜜蜂装到玻璃瓶中，然后用纸糊住其中缝隙，蜜蜂在瓶中上下飞窜，嗡嗡作响，糊纸就会发出风琴一样的乐声。"

随着这个声音越来越清晰，一种难以名状的怀恋感袭来，我越发不能自已。我像内心必须要依偎着某种东西似的听着这个声音。然后，那个人又说道：

"我把它放到我的桌子上边看边思考，这时孩子过来了，他对我苦苦央求。真是个倔强的孩子啊，说什么也不听，我很生气，于是拿着玻璃瓶走到了外廊，看到院子里的景观石上洒满阳光。"

我脑海中清晰地浮现出院子里小船状的景观石沐浴着阳光的样子。

"玻璃瓶落在了石头上,摔得粉碎,蜜蜂从里面像从水面浮出来一样飞了出来,哎呀,那个蜜蜂逃走了,真的是一只很大的蜜蜂呢,真的很大啊!"

"父亲!"我哭着喊道。

但我的声音似乎无法传到那边。大家都安静地站了起来,走到了外面。

"是的,果然如此。"我这样想着,要从后边追上去,但他们一行人已不在那里了。

在我心神不宁地朝那边望去的这空档,他们一行人要站起来,这个时候我听到有一个与父亲十分相像的声音说道"咱们这就再次出发吧"。这个声音我刚刚已听到过。

天空既无明月也无繁星,漆黑一片,只有河堤上流动着泛白的亮光。刚才的那一行人,不知何时已登上河堤,看到他们在这泛白的灯光中,拖着模糊的长尾巴在行走。我还想看一眼其中的父亲,但这四五人的身影模糊地混在了一起,已然分不清哪个是父亲了。

我垂下满含泪水的眼睛,在煤油灯的映照下,我的身影在河堤上形成了巨大的影子。我望着这个影子,哭了好久。然后离开了河堤,走回到漆黑的田间小路。

与幼小者

[日] 有岛武郎

鲁迅 译

你们长大起来,养育到成了一个成人的时候——那时候,你们的爸爸可还活着,那固然是说不定的事——想来总会有展开了父亲的遗书来看的机会的吧。到那时候,这小小的一篇记载,也就出现在你们的眼前了。时光是骎骎地驰过去。为你们之父的我,那时怎样的映在你们的眼里,这是无从推测的。恐怕也如我在现在,嗤笑怜悯那过去一般,你们或者也要嗤笑怜悯我的陈腐的心情。我为你们计;唯愿其如此。你们倘不是毫不顾忌地将我做了踏台,超过了我,进到高级的远的地方去,那是错的。然而我想。有怎样的深爱你们的人,现在这世上,或曾在这世上的一个事实,于你们却永远是必要的。当你们看着这篇文章,悯笑着我的思想的未熟而且顽固之间,我以为,我们的爱,倘不温暖你们,慰藉、勉励你们,使你们的心中,尝着人生的可能性,是绝不至于的。

所以我对着你们,写下这文章来。

你们在去年,永久地失掉了一个的,只有一个的亲娘。你们是生来不久,便被夺去了生命上最紧要的养分了。你们的人生,即此就暗淡。在近来,有一个杂志社来说,叫写一点"我的母亲"这一种小小的感想的时候,我毫不经心地写道,"自己的幸福,是在母亲从头便是一人,现在也活着"便算事了。而我的万年笔将停未停之际,我便想起了你们。我的心仿佛做了什么恶事似的痛楚了。然而事实是事实。这一点,我是幸福的。你们是不幸的。是再没有恢复的路的不幸。啊啊,不幸的人们呵。

从夜里三时起,开始了缓慢的阵痛,不安弥满了家中,从现在想起来,已经是七年前的事了。那是非常的大风雪,便在北海道,也是不常遇到的极厉害的大风雪的一天。和市街离开的河边人的孤屋,要飞去似的动摇,吹来黏在窗玻璃上的粉雪,又重叠地遮住了本已包在绵云中间的阳光,那夜的黑暗,便什么时候,也不退出屋里去。在电灯已熄的薄暗里,裹着白的东西的你们的母亲,是昏瞀似的呻吟着苦痛。我教一个学生和一个使女帮着忙,生起火来,沸起水来,又派出人去。待产婆被雪下得白白的扑了进来的时候，合家的人便不由得都宽一口气，觉得安堵了，但到了午间，到了午后，还不见生产的模样，在产婆和看护妇的脸上，一看见只有我看见的担心的颜色，我便完全慌张了。不能躲在书斋里，专等候结果了。我走进产房去，当了紧紧的捏住产妇的两手的角色。每起一回阵痛产婆便叱责似的督励着产妇，想给从速的完功。然而暂时的苦痛之后产妇又便入了熟睡，竟至于打着鼾、平平稳稳的似乎什么都忘却了。产婆和随后赶到的医生，只是面面相觑地吐着气。医生每遇见昏睡，仿佛便在那里想用什么非常的手段一般。

到下午，门外的大风雪逐渐平静起来，洩出了浓厚的雪云间的薄日的光辉，且来和积在窗间的雪偷偷地嬉戏了。然而在房里面的人们，却愈包在沉重的不安的云片里。医生是医生，产婆是产婆，我是我，各被各人的不安抓住了。这之中，似乎全不觉到什么危害的，是只有身临着最可怕的深渊的产妇和胎儿。两个生命，都昏昏地睡到死里去。

大概恰在三时的时候，——起了产气以后的第十二时——在催夕的日光中，起了该是最后的激烈的阵痛了。宛然用肉眼看着噩梦一般，产妇圆睁了眼，并无目的地看定了一处地方，与其说苦楚，还不如说吓人地皱了脸。而且将我的上身拉向自己的胸前，两手在背上挠乱的抱紧了。那力量，觉得倘使我没有和产妇一样的着力,那产妇的臂膊便会挤破了我的胸脯。在这里的人们的心,不由得全都吃紧起来,医生和产婆都忘了地方似的,用大声勉励着产妇。

骤然间感着了产妇的握力的宽松,我抬起脸来看。产婆的膝边仰天地躺着一个没有血色的婴儿。产婆像打球一般地拍着那胸膛,一面连说道葡萄酒葡萄酒。看护妇将这拿来了。产婆用了脸和言语,教将酒倒在脸盆里。盆里的汤便和剧烈的芳香同时变了血一样的颜色。婴儿被浸在这里面了。暂时之后,便破了不容呼吸的紧张的沉默,很细地响出了低微的啼声。

广大的天地之间,一个母亲和一个儿子,在这一刹那中忽而出现了。

那时候,新的母亲看着我。软弱的微笑。我一见这,便无端地满眼渗出泪来。我不知道怎样才可以表现这事给你们看。说是我的生命的全体,从我的眼里挤出了泪,也许还可以适当罢。从这时候起,生活的诸相便都在眼前改变了。

你们之中,最先的见了人世之光者,是这样的见了人世之光的。第二个和第三个也如此。即使生产有难易之差,然而在给与父母的不可思议的印象上却没有变。

这样子,年青的夫妇便陆续的成了你们三个的父母了。

我在那时节,心里面有着太多的问题。而始终碌碌:从没有做着一件自己近于"满足"的事。无论什么事，全要独自咬实了看，是我生来的性质，所以表面上虽然过着极普通的生活，而我的心却又苦闷于动不动便骤然涌出的不安。有时悔结婚。有时嫌恶你们的诞育。为什么不待自己的生活的旗色分外鲜明之后，再来结婚的呢？为什么情愿将因为有妻，所以不能不拖在后面的几个重量，系在腰间的呢？为什么不可不将两人肉欲的结果，当作天赐的东西一般看待呢？耗费在建立家庭上的努力和精力，自己不是可以用在别的地方的么？

我因为自己的心的扰乱，常使你们的母亲因而啼哭，因而凄凉。而且对付你们也没有理。一听到你们稍为执拗的哭泣或是歪缠的声音，我便总要做些什么残虐的事才罢手。倘在对着原稿纸的时候，你们的母亲若有一件些小的家务的商量，或者你们有什么啼哭的喧闹，我便不由得拍案站立起来。而且虽然明知道事后会感到难堪的寂寞，但对于你们也仍然加以严厉的责罚，或激烈的言词。

然而运命来惩罚我这任意和暗昧的时候竟到了。无论如何，总不能将你们任凭保姆，每夜里使你们三个睡在自己的枕边和左右。通夜的使一个安眠，给一个热牛乳，给一个解小溲，自己没有熟睡的工夫，用尽了爱的限量的你们的母亲，是发了四十一度的可怕的热而躺倒了，这时的吃惊固然也不小，但当来诊的两个医生异口同声地说有结核的征候的时节，我只是无端地变了青苍。检痰的结果，是给医生们的鉴定加了凭证。而留下了四岁和三岁和两岁的你们，在十月杪的凄清的秋日里，母亲是成了一个不能不进病院的人了。

我做完日里的事，便飞速地回家。于是领了你们的一个或两个，匆匆地往病院去。我一住在那街上，便来做事的一个勤恳的门徒的老妪，在那里照应病室里的事情。那老妪一见你们的模样，便暗暗地拭着眼泪了。你们一在床上看见了母亲，立刻要奔去、要缠住。而还没有给伊知道是结核症的你们的母亲，也仿佛拥抱宝贝似的，要将你们聚到自己的胸前去。我便不能不随宜地支吾着，使你们不太近伊的床前。正尽着忠义，却从周围的人受了极端的误解，而又在万不可辩解的情况中，在这般情况中的人所尝的心绪，我也尝过了许多回。虽然如此，我却早没有愤怒的勇气了。待到像拉开一般地将你们远离了母亲，同就归途的时候，大抵街灯的光已经淡淡地照着道路。进了门口，只有雇工看着家。他们虽有两三人，却并不给留在家里的婴儿换一换衬布。不舒服似的啼哭着的婴儿的胯下，往往是湿漉漉的。

你们是出奇地不亲近别人的孩子。好容易使你们睡去了，我才走进书斋去做些调查的工夫。身体疲乏了，精神却昂奋着。待到调查完毕，正要就床的十一时前后的时候，已经成了神经过敏的你们，便做了夜梦之类，惊慌着醒来了。一到黎明。你们中的一个便哭着要吃奶。我被这一惊起，便到早晨不能再闭上眼睛。吃过早饭，我红了眼，抱着中间有了硬核一般的头，走向办事的地方去。

在北国里，眼见得冬天要逼近了。有一天，我到病院去，你们的母亲坐在床上正眺着窗外，但是一见我，便说道想要及早地退了院。说是看见窗外的枫树已经那样觉得凄凉了。诚然，当入院之初，燃烧似的饰在枝头的叶，已是凋零到不留一片，花坛上的菊也为寒霜所损，未到萎落的时候便已萎落了。我暗想，即此每天给伊看这凄凉的情状，也就是不相宜的。然而母亲的真的心思其实不在此，是在一刻也忍不住再离开了你们。

终于到了退院的那一天，却是一个下着雪子，呼呼地吼着寒风的坏日子，我因此想劝伊暂时消停，事务一完，便跑到病院去。然而病房已经空虚了，先前说过的老妪在屋角上，草草地摒当着讨得的东西，以及垫子和茶具。慌忙回家看，你们早聚在母亲的身边，高兴地嚷着了。我一见这，也不由得坠了泪。

不知不识之间，我们已成了不可分离的东西了。亲子五人在逐步逼紧的寒冷之前，宛然是缩小起来以护自身的杂草的根株一般，大家互相紧挨，互分着温暖。但是北国的寒冷，却冷到我们四个的温度，也无济于事了。我于是和一个病人以及天真烂熳的你们，虽然劳顿，却不得不旅雁似的逃向南边去。

离背了诞生而且长育了你们三个人的土地，上了旅行的长途，那是初雪纷纷的下得不住的一夜里的事。忘不掉的几个容颜，从昏暗的车站的月台上很对我惜别。阴郁的轻津海峡的海色已在后面了。直跟到东京为止的一个学生，抱着你们中间的最小的一个，母亲似的通夜没有歇。要记载起这样的事来，是无限量的。总而言之，我们是幸而一无灾祸，经过了两天的忧郁的旅行之后，竟到了晚秋的东京了。

和先前居住的地方不一样，东京有许多亲戚和兄弟，都为我们表了很深的同情。这于我不知道添多少的力量呵。不多时，你们的母亲便住在K海岸的租来的一所狭小的别墅里，我便住在邻近的旅馆里，由此日日去招呼。一时之间是病势见得非常之轻减了。你们和母亲和我，至于可以走到海岸的沙丘上，当着太阳，很愉快经过二三时间了。

运命是什么意思，给我这样的小康，那可不知道。然而它是不问有怎样的事，要做的事总非做完不可的。这年已近年底的时候，你们的母亲因为大意受了寒，从此日见其沉重了。而且你们中的一个，又突然发了原因不明的高热。我不忍将这生病的事通知母亲去。病儿是病儿，又不肯暂时放开我。你们的母亲却来责备我的疏远了。我于是躺倒了。只得和病儿并了枕，为了迄今未曾亲历过的高热而呻吟了。我的职业么？我的

51

职业是离开我已经有千里之远了。但是我早经不悔恨。为了你们，要战斗到最后才歇的一种热意，比病热还要旺盛的烧着我的胸中。

正月间便到了悲剧的绝顶。你们的母亲已经到非知道自己的病的真相不可的窘地了。给做了这烦难的角色的医生回去之后，见过你们的母亲的脸的我的记忆，一生中总要鞭策我吧。显着苍白的清朗的脸色，仍然靠在枕上，母亲是使那微笑，说出冷静的觉悟来，静静地看着我。在这上面，混合着对于死的觉悟（Resignation）和对于你们的强韧的执着。这竟有些阴惨了。我被袭于悽怆之情，不由得低了眼。

终于到了移进H海岸的病院这一天。你们的母亲决心很坚，倘不全愈，那便死也不和你们再相见。穿好了未必再穿——而实际竟没有穿——的好衣服，走出屋来的母亲，在内外的母亲们的眼前，潜然地痛哭了。虽是女人，但气象超拔而强健的你们的母亲，即使只有和我两人的时候，也可以说是从来没有给看过一回哭相，然而这时的泪，却拭了还只是奔流下来。那热泪，是唯你们的崇高的所有物。这在现今是干涸了。成了横亘太空的一缕云气么，变了溪壑川流的水的一滴么，成了大海的泡沫之一么，或者又装在想不到的人的泪堂里面么，那是不知道。然而那热泪、总之是唯你们的崇高的所有物了。

一到停着自动车的处所，你们之中正在热病的善后的一个，因为不能站，被使女背负着——一个是得得地走着——最小的孩子，是祖父母怕母亲过于伤心了，没有领到这里来——出来送母亲了。你们的天真烂熳的诧异的眼睛，只向了大的自动车看。你们的母亲是悽然地看着这情形。待到自动车一动弹，你们听了使女的话，军人似的一举手。母亲笑着略略地点头。你们未必料到，母亲是从这一瞬息间以后，便要永久地离开你们的吧。不幸的人们呵。

　　从此以后，直到你们的母亲停止了最后的呼吸为止的一年零七个月中，在我们之间，都奋斗着剧烈的争战。母亲是为了对于死要取高的态度，对于你们要留下最大的爱，对于我要得适中的理解；我是为了要从病魔救出你们的母亲，要勇敢地在双肩上担起了逼着自己的运命；你们是为了要从不可思议的运命里解放出自己来，要将自己嵌进与本身不相称的境遇里去，而争战了。说是战到鲜血淋漓了也可以。我和母亲和你们，受着弹丸，受着刀伤。倒了又起，起了又倒的多少回呵。

　　你们到了六岁和五岁和四岁这一年的八月二日，死终于杀到了。死压倒了一切。而死救助了一切了。

　　你们的母亲的遗书中，最崇高的部分，是给与你们的一节，倘有看这文章的时候，最好是同时一看母亲的遗书。母亲是流着血泪，而死也不和你们相见的决心终于没有变。这也并不是单因为怕有病菌传染给你们。却因为怕将惨酷的死的模样，示给你们的清白的心，使你们一生增加了暗淡，怕在你们应当逐日生长起来的灵魂上，留下一些较大的伤痕。使幼儿知道死，是不但无益，反而有害的。但愿葬式的时候，教使女带领着，过一天愉快的日子。你们的母亲这样写。又有诗句道：

"思子的亲的心是太阳的光普照诸世间似的广大。"

母亲亡故的时候，你们正在信州的山上，我的叔父，那来信甚而至于说，倘不给送母亲的临终，怕要成一生的恨事吧，但我却硬托了他，不是你们从山中回到家里，对于这我，你们有时以为残酷，也未可知的，现在是十一时半了。写这文章的邻室的屋子里，并了枕熟睡着的你们，你们还幼小，倘你们到了我一般的年纪，对于我们做的事，就是母亲所要使我做的事，总会到觉得高贵的时候吧。

我自此以来，是走着怎样的路呢？因了你们母亲的死，我撞见了自己可以活下去的大路了。我知道了只要爱护着自己，不要错误地走着这一条路便可以了。我曾在一篇创作里描写过一个决计将妻子作为牺牲的男人的事。在事实上，你们的母亲是给我做了牺牲了。像我这样不知道使用现成的力量的人，是没有的。我的周围的人们是只知道将我当作一个小心的，鲁钝的，不能做事的，可怜的男人；却没有一个肯试使我贯彻了我的小心和鲁钝和无能力来看。这一端，你们的母亲可是成就了我，我在自己的孱弱里，感到力量了。我在不可能做事处寻到了事情，在不可能大胆处寻到了大胆，在不锐敏处寻得到了锐敏，换句话说，我锐敏地看到了自己的鲁钝，大胆地认得了自己的小心，无劳役来体验自己的无能力，我以为用了这力，便可以鞭策自己，生发别样的，你们倘或有眺望我的过去的时候，也该会知道我也并非徒然的生活，而替我欢喜的吧。

雨之类只是下，悒郁的情况涨满了家中的日子，动不动，你们中的一个便走进我的书斋来。而且只叫一声爹爹，就靠在我的膝上，啜啜地哭起来了。唉唉，有什么要从你们天真烂漫的眼睛里要求眼泪呢？不幸的人们啊。再没有比看见你们倒在无端的悲哀里的时候，更觉得人世的凄凉了。也没有比看见你们活泼的向我说过早晨的套语，于是跑到母亲的照相面前，快活地叫道"亲娘，早晨好！"的时候，更是猛烈地直穿透我的心底里的时候了。我在这时，便悚然地看见了无劫的世界。

世上的人们以为我的这述怀是呆气，是可以无疑的。因为所谓悼亡，不过是多到无处不有的事件中的一件。要将这样的事当作一宗要件，世人也还没有如此的闲空。这是确凿如此的。但虽然如此，我不必说，便是你们，也会逐渐地到了觉得母亲的死，是一件什么也替代不来的悲哀和缺憾的事件中间，也可以深深地触着人生的寂寞。细小的事，并非细小的事。大的事，也不是大的事。这只在一个心。

要之，你们是见之惨然的人生的萌芽呵。无论哭着，无论高兴，无论凄凉，看守着你们父亲的心，总是异非的伤痛。

然而这悲哀于你们和我有怎样的强力，怕你们还未必知道罢。我是蒙了这损失的庇荫，向生活又深入了一段落了。我们的根，向大地伸进了多少了。有不深入人生，至于生活人生以上者，是灾祸呵。

同时，我们又不可只浸在自己的悲哀里，自从你们的母亲亡故之后，金钱的负累却得了自由了。要服的药品，什么都能服，要吃的食物什么都能吃。我们是从偶然的社会组织的结果，享乐了这并非特权的特权了。你们中的有一个，虽然模糊，还该记得U氏一家的样子吧。那从亡故的夫人染了结核的U氏，一面有着理智的性情，一面却相信天理教，想靠了祈祷来治病苦，我一想他那心情，便情不自禁起来了。药物有效呢，还是祈祷有效呢，这可不知道。然而U氏是很愿意服医生的药的，但是不能够。U氏每天便血，还到官衙里来，从始终裹着手帕的喉咙中，只能发出嘶嘎的声气。一劳作，病便要加重，这是分明知道的。分明知道着，而U氏却靠了祈祷，为维持老母和两个孩子的生活起见，奋然地接力地劳作。待到病势沉重之后，出了仅少的钱，即定了的古贺液的注射，又因为乡下医生的大意，出了静脉，引起了剧烈的发热。于是U氏剩下了无资产的老母和孩子，因此死去了。那些人们便住在我们的邻家。这是怎样的一个命运的拨弄呢。你们一想到母亲的死，也应该同时记起U氏。而且设法来填平这壕沟。我以为你们母亲的死，便够使你们的爱扩张到这地步了，所以我敢说。

人世很凄凉。我们可以单是这样说了就算么？你们和我，都如尝血的兽一般，尝了爱了。去吧，而且要从凄凉中救出我们的周围，而做事去吧。我爱过你们了，并且永远爱你们。这并非因为想从你们得到为父的报酬，所以这样说。我对于教给我爱你们的你们，唯一的要求，只在收受了我的感谢罢了。养育到你们成了一个成人的时候，我也许已经死亡；也许还在拼命地做事，也许衰老到全无用处了。然而无论在哪一种情形，你们所不可不助的，却并不是我。你们的清新的力，是万不可为垂暮的我辈之流所拖累的。最好是像那吃尽了毙掉的亲，贮起力量来的狮儿一般，使劲地奋然地掉开了我，进向人生去。

现在是时表过了夜半，正指着一点十五分。在阒然寂静了的夜之沉默中，这屋子里，只是微微地听得你们的平和的呼吸，我的眼前，是照相前面放着叔母折来赠给母亲的蔷薇花。因此想起来的，是我给照这照相的时候。那时候，你们之中年龄最大的一个，还缩在母亲的胎中。母亲的心中是始终恼着连自己也莫名其妙的不可思议的希望和恐怖。那时的母亲是尤其的美。说是仿佛那希腊的母亲，在屋子里装饰着很好的肖像。其中有纳尔伐的，有瞿提的，和克灵威尔的，有那丁格尔女士的。对于那娃儿脾气的野心，那时的我是只用了轻度嘲笑的心来看，但现在一想，是无论如何，总不能单以一笑置之的。我说起要给你们的母亲去照相，便极意地加了修饰，穿了最好的好衣服，走进我楼上的书斋来。我诧异地看着那模样。母亲冷清清地笑着对我说：生产是女人的临阵，或生佳儿或是死，必居其一的。所以用临终的装束。——那时我也不由得失笑了。然而在今，是远也不能笑。

　　深夜的沉默使我严肃起来。至于觉得我的前面，隔着书桌，便坐着你们的母亲似的了。母亲的爱，如遗书所说的一定拥护着你们。好好地睡着吧。将你们听凭了所谓的不可思议的是这种东西的作用，而好好地睡着吧。而且到明日，便更长大更贤良地跳出眠床来，我对于做完我的职务的事，总尽全力的吧。即使我在一生怎样的失败，又纵使我不能克服怎样的诱惑，然而你们在我的踪迹上寻不出什么不纯的东西来这一点事，是要做的；一定做的。你们不能不从我的毙掉的地方，重新跨出步去。然而什么方向,怎样走法,那是虽然隐约,你们可以从我的足迹上探究出来吧。

幼小者啊,将不幸而又幸福的你们的父母的祝福带在胸中,上人生的行旅去。前途是辽远的,而且也昏暗。但是不要怕。在无畏者的面前就有路。

去吧,奋然的,幼小者呵。

把你的手放在我手里,
　让我们保持安静,
　　被生活环绕。

当你老了

[爱尔兰] 威廉·巴特勒·叶芝
飞白 译

当你老了,白发苍苍,睡意朦胧,
在炉前打盹,请取下这本诗篇,
慢慢吟诵,梦见你当年的双眼,
那柔美的光芒与青幽的晕影;

多少人真情假意,爱过你的美丽,
爱过你欢乐而迷人的青春,
唯独一人爱你朝圣者的心,
爱你日益凋谢的脸上的哀戚;

当你佝偻着，在灼热的炉栅边，
你将轻轻诉说，带着一丝伤感：
逝去的爱，如今已步上高山，
在密密星群里埋藏它的赧颜。

爱就是陪伴

[葡]费尔南多·佩索阿
程一身 译

爱就是陪伴。
我不知如何独自走在路上,
因为我不能再独自走路了。
一种可见的思念使我走得更快,
看得更少,同时真正喜欢看见每件事物。
即使她不在,也是和我在一起的。
我太爱她了,以至于不知如何需要她。
如果看不见她,我就假装看见了,并假装强壮如高树。
但若见了她,我就发抖,弄不清我的感受和她不在时相比
发生了什么变化。

我的一切是一种舍弃我的力量。

所有现实都注视着我,就像一朵向日葵,

她的脸在向日葵的中心。

致 凯 恩

[俄] 普希金
戈宝权 译

我记得那美妙的一瞬：
在我的眼前出现了你，
有如昙花一现的幻影，
有如纯洁之美的天仙。

在那无望的忧愁的折磨中，
在那喧闹的浮华生活的困扰中，
我的耳边长久地响着你温柔的声音，
我还在睡梦中见到你可爱的倩影。

许多年过去了。暴风骤雨般的激变
驱散了往日的梦想，
于是我忘却了你温柔的声音，
还有你那天仙似的倩影。

在穷乡僻壤，在囚禁的阴暗的生活中，
我的日子就那样静静地消逝，
没有倾心的人，没有诗的灵感，
没有眼泪，没有生命，也没有爱情。

如今心灵已开始苏醒：
这时在我的面前又重新出现了你，
有如昙花一现的幻影，
有如纯洁之美的天仙。

我的心在狂喜中跳跃，
心中的一切又重新苏醒，
有了倾心的人，有了诗的灵感，
有了生命，有了眼泪，也有了爱情。

我愿意是急流

[匈牙利] 裴多菲
孙用 译

我愿意是急流，
山里的小河，
在崎岖的路上、
岩石上经过……
只要我的爱人
是一条小鱼，
在我的浪花中
快乐地游来游去。

我愿意是荒林，

在河流的两岸,

对一阵阵的狂风,

勇敢地作战……

只要我的爱人

是一只小鸟,

在我的稠密的

树枝间做窠,鸣叫。

我愿意是废墟,

在峻峭的山岩上,

这静默的毁灭

并不使我懊丧……

只要我的爱人

是青青的常春藤,

沿着我荒凉的额,

亲密地攀援上升。

我愿意是草屋,

在深深的山谷底,

草屋的顶上,

饱受风雨的打击……

只要我的爱人

是可爱的火焰，

在我的炉子里，

愉快地缓缓闪现。

我愿意是云朵，

是灰色的破旗，

在广漠的空中，

懒懒地飘来荡去……

只要我的爱人

是珊瑚似的夕阳，

傍着我苍白的脸，

显出鲜艳的辉煌。

当我默察一切活泼泼的生机[1]

[英]莎士比亚

朱生豪 译

当我默察一切活泼泼的生机
保持它们的芳菲都不过一瞬，
宇宙的舞台只搬弄一些把戏
被上苍的星宿在冥冥中牵引；
当我发觉人和草木一样繁衍，
任同一的天把他鼓励和阻挠，
少壮时欣欣向荣，盛极又必反，

---

[1] 选自《莎士比亚十四行诗》之15。

繁华和璀璨都被从记忆抹掉；
于是这一切奄忽浮生的征候
便把妙龄的你在我眼前呈列，
眼见残暴的时光与腐朽同谋，
要把你青春的白昼化作黑夜；
为了你的爱我将和时光争持：
他摧折你，我要把你重新接枝。

我怎么能够把你来比作夏天[1]

[英]莎士比亚

朱生豪 译

我怎么能够把你来比作夏天？

你不独比它可爱也比它温婉；

狂风把五月宠爱的嫩蕊作践，

夏天出赁的期限又未免太短；

天上的眼睛有时照得太酷烈，

它那炳耀的金颜又常遭掩蔽；

被机缘或无常的天道所摧折，

---

[1] 选自《莎士比亚十四行诗》之18。

没有芳艳不终于凋残或销毁。
但是你的长夏永远不会凋落,
也不会损失你这皎洁的红芳,
或死神夸口你在他影里漂泊,
当你在不朽的诗里与时同长。
只要一天有人类,或人有眼睛,
这诗将长存,并且赐给你生命。

自从离开你，
眼睛便移居心里[1]

[英]莎士比亚

朱生豪　译

自从离开你，眼睛便移居心里。

于是那双指挥我行动的眼睛，

既把职守分开，就成了半瞎子，

自以为还看见，其实已经失明；

因为它们所接触的任何形状，

花鸟或姿态，都不能再传给心，

自己也留不住把捉到的景象；

---

[1] 选自《莎士比亚十四行诗》之113。

一切过眼的事物心儿都无份。
因为一见粗俗或幽雅的景色，
最畸形的怪物或绝艳的面孔，
山或海，日或夜，乌鸦或者白鸽，
眼睛立刻塑成你美妙的姿容。
心中满是你，什么再也装不下，
就这样我的真心教眼睛说假话。

既然我的唇……

[法]维克多·雨果
飞白 译

既然我的唇触到了你满满的杯,
既然我苍白的额放在你双手里,
既然我已吸到过你灵魂的呼吸——
那深藏在阴影里的隐秘香气;

既然我已有机会听你轻轻说出
那些话——那是神秘的心的吐露,
既然当我们嘴对着嘴,眼对着眼,
我已经见过你笑,见过你哭;

既然我见你永远蒙雾的星星
在我迷狂的头上洒下了一线光辉,
既然我看见,从你时光的玫瑰
撕下了一瓣,落进我生命的流水——

我现在已能向飞逝的岁月宣布:
逝去吧!我已没有什么可以老去!
带着你那些凋谢的花儿离去;
我心中有一朵花,谁也不能摘取!

你翅膀的扑击打不翻我的壶,
此壶我已灌满,永远够我解渴。
你所有的灰盖不住我灵魂的火,
我心中的爱比你能湮灭的更多!

邀 旅

[法]夏尔·皮埃尔·波德莱尔

戴望舒 译

孩子啊,妹妹

想想多甜美

到那边去一起生活!

逍遥地相恋,

相恋又长眠

在和你相似的家国!

湿太阳高悬

在云翳的天

在我的心灵里横生

神秘的娇媚,

却如隔眼泪

耀着你精灵的眼睛。

那里，一切只是整齐和美，

豪侈，平静和那欢乐迷醉。

陈设尽辉煌，

给年岁矸光，

装饰着我们的卧房，

珍奇的花卉

把它们香味

和人依微的琥珀香，

华丽的藻井。

深湛的明镜，

东方的那璀璨豪华，

一切向心灵

秘密地诉陈

它们温和的家乡话。

那里，一切只是整齐和美，

豪侈，平静和那欢乐迷醉。

79

看，在运河内

船舶在沉睡——

它们的情性爱流浪；

为了要使你

百事都如意，

它们才从海角来航。

西下夕阳明，

把朱玉黄金

笼罩住运河和田垄

和整个城镇；

世界睡沉沉

在一片暖热的光中。

那里，一切只是整齐和美，

豪侈，平静和那欢乐迷醉。

给西里亚

[英]本·琼森
朱湘 译

整天里我与酒为伴,
它像你的眼光闪灼
因它灿烂如你眼波——
我要抱着空杯狂吸,
倘若你曾吹气轻呵:
情炽我心有如热炭,
熄灭还须大雨滂沱——
但你如有同情一滴,
它将胜似整条天河。

我呈与你一朵玫瑰，
因为名花须傍佳人——
日光永驻你的身畔，
将使花儿四季长新。

你低下颈略亲花蕊，
拿它插上我的衣襟——
女郎，从此我吻花瓣，
便如吻你柔软双唇。

绿

[法]保尔·魏尔伦
罗洛 译

这儿是果实、花朵、树叶和枝条,
这儿还有我的心,它只是为你跳动。
请不要用你洁白的手把它撕碎了,
请用你美丽的眼看我的温柔顺从。

我来时,一切都还被露珠缀满,
清晨的风把我的额吹得凉凉的。
请宽容我的倦怠吧,憩息在你脚边,
这千金一刻的梦将消除我的疲惫。

让我的头在你年轻的胸上得到栖息，

你最近的吻还在它上面留有印记；

让它栖息在猛烈的暴风雨后的宁静里，

让我微睡片刻，既然你也要小憩。

乘着歌声的双翼

［德］海因里希·海涅
飞白　译

乘着歌声的双翼，

爱人啊，随我飞去，

飞向恒河的原野，

我知道那儿最美丽。

那儿有一座花园，

月光下红花芳菲；

荷花在那儿久盼

她们亲爱的小妹妹。

紫罗兰谈笑亲昵,
抬眼向星空仰望;
玫瑰花悄悄耳语,
讲的故事散发着芬芳。

温驯伶俐的羚羊
跳到这儿来聆听;
远处圣河的波浪
传来澎湃的涛声。

我们要躺在那里,
躺在椰林荫中,
痛饮爱情的静谧,
同做乐园的梦。

除了爱你
我没有别的愿望

[法] 保罗·艾吕雅

飞白　译

除了爱你我没有别的愿望

一场风暴占满了谷

一条鱼占满了河

我把你造得像我的孤独一样大

整个世界好让我们躲藏

日日夜夜好让我们互相了解

为了在你的眼睛里不再看到别的

只看到我对你的想象

只看到你的形象中的世界

还有你眼帘控制的日日夜夜

我怎么称呼你？

[匈牙利] 裴多菲
孙用 译

我怎么称呼你？
假如在幻想的黄昏中，
我惊奇地注视着
你的眼睛的晨星。
常常，我似乎最先看见了
这些星星，
它的一缕缕光线，
正是爱的小河。
流向我的灵魂的大海——
我怎么称呼你？

我怎么称呼你?

假如飞来了

你的眼光,

这温柔的鸽子,

它的一根根羽毛

正是和平的润泽的枝条,

和它接触是多么好呀!

因为它更柔软、较之丝绸,

较之摇篮的垫子——

我怎么称呼你?

我怎么称呼你,

假如响着你的声音,

那些枯凋的冬天的树

假如听到了这声音,

就萌蘖着青春的小枝。

它俩相信着

已经到了春天,

等得很久了的它们的救主,

因为夜莺已经唱着——

我怎么称呼你?

我怎么称呼你,

你的嘴唇的火焰似的红玉

假如触着了我的嘴唇,

接吻的火就熔化了灵魂,

有如早晨熔化了白昼和黑夜,

就消灭了我眼前的世界;

又消灭了我眼前的时代,

永恒将他的最神秘的狂欢

满满地倾注着我——

我怎么称呼你?

我怎么称呼你,

我的幸福的母亲,

无边无际的

幻想的仙女,

这辉煌的真实,

使我最勇敢的梦想也会害羞,

啊,唯一的、比世界还贵重的,

我的灵魂的宝藏,

我的可爱的、美丽的、年轻的妻呀,

我怎么称呼你?

雪

[法]果尔蒙
戴望舒 译

西茉纳,雪和你的颈一样白,
西茉纳,雪和你的膝一样白。

西茉纳,你的手和雪一样冷,
西茉纳,你的心和雪一样冷。

雪只受火的一吻而消融,
你的心只受永别的一吻而消融。

雪含愁在松树的枝上,

你的前额含愁在你栗色的发下。

西莱纳,你的妹妹雪睡在庭中。
西莱纳,你是我的雪和我的爱。

发

[法]果尔蒙
戴望舒 译

西茉纳,有个大神秘
在你头发的林里。

你吐着干刍的香味,你吐着野兽
睡过的石头的香味;
你吐着熟皮的香味,你吐着刚簸过的
小麦的香味;
你吐着木材的香味,你吐着早晨送来的
面包的香味;
你吐着沿荒垣

开着的花的香味；

你吐着黑莓的香味，你吐着被雨洗过的

常春藤的香味；

你吐着黄昏间割下的

灯芯草和薇蕨的香味；

你吐着冬青的香味，你吐着藓苔的香味，

你吐着在篱阴结了种子的

衰黄的野草的香味；

你吐着荨麻如金雀花的香味，

你吐着苜蓿的香味，你吐着牛乳的香味；

你吐着茴香的香味；

你吐着胡桃的香味，你吐着熟透而采下的

果子的香味；

你吐着花繁叶茂时的

柳树和菩提树的香味；

你吐着蜜的香味，你吐着徘徊在牧场中的

生命的香味；

你吐着泥土与河的香味；

你吐着爱的香味，你吐着火的香味。

西茉纳，有个大神秘

在你头发的林里。

冬　青

［法］果尔蒙
戴望舒　译

西茉纳，太阳含笑在冬青树叶上；
四月已回来和我们游戏了。

他将些花篮背在肩上，
他将花枝送给荆棘、栗树、杨柳；

他将长生草留给水，又将石楠花
留给树木，在枝干伸长着的地方；

他将紫罗兰投在幽阴中，在黑莓下，

在那里,他的裸足大胆地将它们藏好又踏下,

他将雏菊和有一个小铃项圈的
樱草花送给了一切的草场;

他让铃兰和白头翁一齐坠在
树林中,沿着幽凉的小径;

他将鸢尾草种在屋顶上
和我们的花园中,西茉纳,那里有好太阳,

他散布鸽子花和三色堇,
风信子和那丁香的好香味。

树脂流着

[法]弗兰西斯·耶麦
戴望舒　译

其一

樱树的树脂像金泪一样地流着。
爱人呵,今天是像在热带中一样热:
你且睡在花荫里吧,
那里蝉儿在老蔷薇树的密叶中高鸣。

昨天在人们谈话着的客厅里你很拘束……
但今天只有我们两人了——露丝·般珈儿!
穿着你的布衣静静地睡吧,

在我的密吻下睡着吧。

其二

天热得使我们只听见蜜蜂的声音……
多情的小苍蝇,你睡着吧!
这又是什么响声?……这是眠着翡翠的,
榛树下的溪水的声音……

睡着吧……我已不知道这是你的笑声
还是那光耀的卵石上的水流声……
你的梦是温柔的——温柔得使你微微地
微微地动着嘴唇——好像一个甜吻……

说呵,你梦见许多洁白的山羊
到岩石上芬芳的百里香间去休憩吗?
说呵,你梦见树林中的青苔间,
一道清泉突然合着幽韵飞涌出来吗?

——或者你梦见一只桃色、青色的鸟儿,
冲破了蜘蛛的网,惊走了兔子吗?

你梦见月亮是一朵绣球花吗？……

——或者你还梦见在井栏上

白桦树开着那散着没药香的金雪的花吗？

——或者你梦见你的嘴唇映在水桶底里，

使我以为是一朵从老蔷薇树上

被风吹落到银色的水中的花吗？

在我的心底

[日] 岛崎藤村

李玲 译

在我的心底

住着难言的秘密

我愿献出生命来供养

除了你谁人能知

若我是一只飞鸟

就飞到你居室的窗棂

为你展翅飞舞

终日沉吟低唱

若我是一只梭子

愿被你的纤纤白手牵引

把春日悠长的思念

随这丝线织入锦缎

若我是一丛野草

愿生在原野，垫你脚下

随风飘摇，对你微笑

亲吻你的脚

叹息溢满我寝被

哀愁浸透我枕巾

不待晨鸟惊梦醒

泪水早已湿卧床

纵有言语万千

难表我心意

唯有一颗炽热的灵魂

才可拨动你的心弦

我想和你一起
生活在小镇

[俄]玛琳娜·茨维塔耶娃
肖爽　译

我想和你一起生活在小镇

那里有永恒的暮色和永恒的钟声

在乡村的小客栈里

古老钟表的微弱钟声就像时光的露滴

有时，夜晚，从某个阁楼传出笛声

而吹笛者本人就在窗前

窗台上满是大朵的郁金香

或许，你甚至并不爱我

房间中央——一个巨大的瓷炉

每块瓷砖上——一幅小画

一朵玫瑰———颗心———艘船

透过那一扇窗户

只看见雪，雪，雪

你平躺——让我如此爱你

懒散，淡漠，自在

时不时……时不时迅速划亮一根火柴

香烟发出的红光渐渐微弱

长久、长久地颤抖在灰烬

那灰色短柱的边缘上

你如此慵懒，甚至不去弹它

整支香烟飞进炉火里

爱的生命

[黎巴嫩] 纪伯伦

李唯中 译

春

亲爱的,让我们一起到丘山中走一走!冰雪已消融,生命已从沉睡中苏醒,正在山谷里和坡地上信步蹒跚。快和我一道走吧!让我们跟上春姑娘的脚步,走向遥远的田野。

来呀,让我们攀上山顶,尽情观赏四周平原上那起伏连绵的绿色波浪。

看哪,春天的黎明已舒展开寒冬之夜折叠起来的衣裳,桃树、苹果树将之穿在身上,美不胜收,就像"吉庆之夜"的新娘;葡萄园醒来了,葡萄藤相互拥抱,就像互相依偎的情侣；溪水流淌，在岩石间翩翩起舞，唱着欢乐的歌；百花从大自然的心中绽放，就像海浪涌起的泡沫。

来呀，让我们饮下水仙花神杯中剩余的雨泪；让我们用鸟雀的欢歌充满我们的心灵；让我们尽情饱吸蕙风的馨香。

让我们坐在紫罗兰藏身的那块岩石后相亲互吻。

夏

亲爱的，我们一起到田间去吧！收获的日子已经到来，庄稼已经长成，太阳对大自然的炽烈之爱已使五谷成熟。快走吧，我们要赶在前头，以免鸟雀和群蚁趁我们疲惫之时，将我们田地里的成熟谷物夺走。我们快快采摘大地上的果实吧，就像心灵采摘爱情播在我们内心深处的种子所结出的幸福子粒。让我们用收获的粮食堆满粮库，就像生活充满我们情感的谷仓。

快快走吧，我的侣伴！让我们铺青草，盖蓝天，枕上一捆柔软的禾秆，消除一日劳累，静静地听赏山谷间溪水夜下的低语畅谈。

秋

亲爱的，让我们一同前往葡萄园，榨葡萄汁，将之储入池里，就像心灵记取世代先人智慧。让我们采集干果，提取百花香精；果与花之名虽亡，种子与花香之实犹存。

让我们回住处去，因为树叶已黄，随风飘飞，仿佛风神想用黄叶为夏天告别时满腹怨言而去的花做殓衣。来呀，百鸟已飞向海岸，带走了花园的生气，把寂寞孤独留给了茉莉和野菊，花园只能将余下的泪水洒在地面上。

让我们打道回府吧！溪水已停止流动，泉眼已揩干欢乐的泪滴，丘山也已脱下艳丽的衣裳。亲爱的，快来吧，大自然已被困神缠绕，快用动人的奈哈温德歌声告别苏醒。

冬

我的生活伴侣，靠近我些，再靠近我一些，莫让冰雪的寒气把我俩的肉体分开。在这火炉前，你坐在我的身边吧！火炉是冬令里最可口的水果，给我们讲述后来人的前途，因为我的双耳已听厌了风神的呻吟和人类的哭声。关好门和窗户，因为苍天的怒容会使我精神痛苦，看到像失子母亲似的坐在冰层下的城市会使我的心淌血……我的终生伴侣，给灯添些油，因为它快要灭了；把灯放得靠近你一些，以便让我看到夜色写在你脸上的字迹……拿来酒壶，让我们一起畅饮，一道回忆往昔岁月。

靠近我些！我心爱的，再靠近我一些！炉火已熄灭，灰烬将火遮掩起来……紧紧抱住我吧！油灯已熄灭，黑暗笼罩了一切……啊，陈年佳酿已使我们的眼皮沉重难负……困倦抹过眼睑的眼睛在盯着我……趁睡神还没有拥抱我，你要紧紧搂住我……亲亲我吧！冰雪已经征服了一切，只剩下你的热吻……啊，亲爱的，沉睡的大海多么呆傻！啊，清晨又是何其遥远……在这个世界上！

致 燕 妮

［德］卡尔·马克思
肖爽 译

曼彻斯特

1856年6月21日

我心爱的人：

　　我再次写信给你，因为我孤身一人，它促使我总是在脑海中与你对话，而你却对此一无所知，听不到，也无法回答。

　　尽管你的照片与你真人相差甚远，但它依然给了我些许安慰。我现在明白了：即使是黑圣母像——天主之母最丑的画像——如何能找到坚不可摧的崇拜者，甚至比那些好的肖像还能赢得更多崇拜者。无论如何，那些黑圣母的照片从没有像你的照片那样被亲吻、被注视，被崇拜。尽管你的照片并非黑色的，而是阴郁的，绝对没有反映你可爱、甜蜜、美得令人想要亲吻的柔软脸颊。但我改善了那些拍得失真的光线，并且发现我被灯光和烟草损害的眼睛依然能够绘画。不仅在梦中，而且在醒着的时候。你活生生的在我面前，我把你放在我手心，我从头到脚地吻你，我跪在你面前，我呻吟道："夫人，我爱你。"我真的爱你，比威尼斯的摩尔人爱得更深。

虚伪、无价值的世界几乎把所有人都看成是虚伪、无价值的。在我众多的诽谤者和恶毒的敌人中，有谁曾指责过我，说我注定要在一个二流剧院里扮演首席情人的角色？但这是真实的。如果这些恶棍有智慧的话，他们会在一边画上"制作与导演"，在另一边画着我躺在你脚下，他们会在下面用英语写道：看看这张图片，再看看那张。但他们是愚蠢的恶棍，他们将永远是愚蠢的。

短暂的分离也有益处，因为久处使日子变得相似，难以区分。近距离甚至使塔楼矮小，而日常琐事就近看会变得过于庞大。小的习惯，或许会在身体上激发或呈现出情感的形式，但当直接的对象从眼前移开时就会消失。伟大的激情，因为亲近呈现出琐碎的常规形式，会由于距离的魔力而增长并再次呈现出它们的自然维度。我的爱也是如此。只要你从我身边被夺走，哪怕只是一个梦，我就立刻知道是时间在促使我成长，就像阳光和雨水对植物所做的那样。当你不在的时候，我对你的爱就会如其所是地显示出它自身，一个巨人，其中聚集了我精神的所有能量和我心灵的所有勇气。它使我重新感到自己是个男人，因为我感到了巨大的激情；学习和现代教育使我们陷入五花八门的境地，怀疑主义必然使我们对所有主观和客观印象吹毛求疵。所有这些完全使我们都变得渺小、虚弱，不断抱怨。但是爱——不是对费尔巴哈那种人的爱，不是对新陈代谢的爱，不是对无产阶级的爱——而是对所爱之人的爱，特别是对你的爱，使人重新成为人。

我的甜心，你会微笑，问我怎么有这么多甜言蜜语？如果我能把你那颗可爱、洁白的心按在我的心上，我将保持沉默，不说一句话。既然我不能用嘴唇亲吻，就必须用语言来亲吻，用词语表达……

其实世界上有许多女子，其中不乏容貌美丽者。但从哪里我能再找到一张脸，它的每一处肤色，甚至每一条皱纹，都是我生命中最伟大最甜蜜的回忆？即使我从你甜美的面容读到我无尽的痛苦，无法弥补的损失，当我亲吻你甜美的面容时，我就吻去了痛苦。"埋在她的怀里，被她的吻唤醒"——正是在你的怀里，通过你的吻，我才承认婆罗门和毕达哥拉斯的转世学说与基督教的复活学说……再见，我的甜心，吻你和孩子们数千次。

你的，

卡尔

我把梦幻丢在身后,
　来奔赴你的呼唤。

艾莱阿诺尔

〔德〕赫尔曼·黑塞
钱春绮 译

秋天的黄昏使我想起你——
森林一片黑暗，白日消逝，
在小山边缘闪着红色的光轮，
一个孩子在附近院子里啼哭，
风在小树林中迈着迟缓的脚步，
把最后的树叶收拾干净。

于是，露出久已习以为常的忧郁眼光，
庄重的一弯新月射出半明的光，
从不知名的国土孤寂地升上中天，

它冷冷地、漠不关心地走它的路程，
它的光辉给森林、芦丛、池塘和小径
镶上抑郁的苍白色的边。

就是在冬天，当夜色昏暗朦胧，
片片的雪花和猛烈的大风
在窗外吹刮，我也像常在瞧你。
大钢琴鸣响，你那深沉的女低音，
怀着强力的微笑对我的心说个不停，
一切丽人中最残酷的你。

于是我常常把灯拿到手里，
温和的灯光照着宽大的墙壁，
你的昏暗的肖像从旧画框里窥人，
也许认出我，奇妙地笑望着我。
我却吻你的头发和你的手，
轻轻地唤着你的芳名。

沉默许久之后

[爱尔兰] 威廉·巴特勒·叶芝
飞白　译

沉默许久之后重新开口；不错，
其他情人全都已离去或死亡，
不友好的灯光用灯罩遮住，
不友好的黑夜用窗帘挡住，
不错，我们谈论了又复谈论，
谈艺术和歌这个最高主题：
身体衰老意味着智慧；年轻时
我们曾经相爱却浑然不知。

热　情

朱湘

忽然卷起了热情的风飙，
鞭挞着心海的波浪、鲸鲲；
如电的眼光直射进玄古；
更有雷霆作嗓，叫入无垠。

我们问，为什么星宿万千，
能够亘古周行，不相妨碍？
吸力，是吸力把它们牵住——
吸力中最强的岂非恋爱？

这无爱的地球罪已深重,
除去毁灭之外没有良方。
我们把它一脚踢碎之后,
展开双翼在大气内翱翔。

我们的热情消融去冰冻,
苏醒转月宫的白兔、桂花,
我们绑起斫情根的吴刚,
一把扔去填天狼的齿牙。

我们发出流星的白羽箭,
射死丑的蟾蜍,恶的天狗。
我们挥彗星的筱帚扫除,
拿南箕撮去一切的污朽。

我们把九个太阳都挂起,
一个正中,八个照亮八方:
我们要世间不再有寒冷,
我们要一切的黑暗重光。

我们拿北斗酌天河的水,

来庆贺我们自己的成功。
在河水酌饮完了的时候,
牛郎同织女便永远相逢。

欢乐在我们的内心爆裂,
把我们炸成了一片轻尘,
看哪,像灿烂的陨星洒下,
半空中弥漫有花雨缤纷!

早 安

[英] 约翰·邓恩
飞白 译

我真不明白;你我相爱之前
在干什么?莫非我们还没断奶,
只知吮吸田园之乐像孩子一般?
或是在七个睡眠者的洞中打鼾?
确实如此,但一切欢乐都是虚拟,
如果我见过,追求并获得过美,
那全都是——且仅仅是——梦见的你。

现在向我们苏醒的灵魂道声早安,
两个灵魂互相信赖,毋须警戒;

因为爱控制了对其他景色的爱,
把小小的房间点化成大千世界。
让航海发现家向新世界远游,
让无数世界的舆图把别人引诱,
我们却自成世界,又互相拥有。

我映在你眼里,你映在我眼里,
两张脸上现出真诚坦荡的心地。
哪儿能找到两个更好的半球啊?
没有严酷的北,没有下沉的西。
凡是死亡,都属调和失当所致,
如果我俩的爱合二为一,或是
爱得如此一致,那就谁也不会死。

丽 斯

[法]维克多·雨果
宋祥燕 刘韬 译

彼时我年方十二,她正值碧玉年华。
她长我幼。
为了在夜晚自由地与她聊天,
我总等她妈妈出去;
再坐在她的椅子旁
暮夜里自由地与她畅谈。

多少春天和鲜花一起消陨!
多少火已烬灭,多少幽闭的新坟!
可还记得往日的心境?

可还记得旧时的玫瑰？
她爱我，我爱她。
我俩是一对纯洁的孩子，两股香气，两道光芒。

上帝将她造成了天使、仙女和公主。
因她长我许多，
我总是不停向她提问，
乐趣就是对她说"为什么？"
然而她时常惶恐地避开我的眼睛，
因我那迷茫的眼神常让她陷入沉思。

然后我会卖弄我小儿科的知识，
以及我的玩具：球和灵敏的陀螺；
学过拉丁语让我格外骄傲；
喋喋不休地向她谈起费德尔和维吉尔；
我无视一切，便无物能伤；
我对她说：我爸爸是将军。

虽是女子，有时也必须
用拉丁文一边沉思一边诵读。
在教堂里，为给她译一节诗句，

我常埋首于她的书卷。

每逢周日晚祷，

天使向我们展开雪白的双翼。

她提起我时总说："他是个孩子！"

我喊她"丽斯小姐"；

常为了给她译一首诗

在教堂里深读她的书卷；

终于有一天，我的上帝啊，你目睹了！

她那花腮触及了我烈焰般的双唇。

年幼的爱情啊，就此瞬间绽放，

您是心灵的拂晓与清晨。

闻所未闻的如痴如梦，诱这孩子沉醉。

然后在这悲夜降临之时，

倏忽而逝的年幼爱情啊，

请依然诱着我们的灵魂沉迷！

初恋悲歌

[法]维克多·雨果
刘韬 宋欣 译

我碰上那些目光,其中的火焰
不是与我的一同闪烁,便是一同消亡。
这是我的灵魂伴侣,
唉!我等着这爱恋和痛伤。

——埃米尔·德尚

愿你幸福,啊,我亲爱的朋友,
平静地向生活致意,享受美好的时光;
在缓缓流淌的时间长河里沉眠,
任凭那波涛兀自流淌!

走吧,命运依然对你微笑,

苍天驱散一切恐惧,只希望

悲伤的那一日紧随着你粲然的朝晨。

当我为你祈求时,苍天必能聆听,

我们共同的未来只能荷于我的双肩!

你能令我立展笑颜:

怕是一离开你,明天我就会颓丧不已。

什么,我的生活已然凄惨,且已注定!

我曾必须爱你,却又不得不避离!

然后,——唉!不幸又再次临头!

分别时,甜蜜的爱情必然屈服于新的渴望,

你将在欢愉中忘却我,

我却将在墓中忆起。

是的,我将死去;我的诗歌已成悲吟。

青春,我将失去,只留些许记忆。

但我毫不畏惧;因我既曾凝视荣光,

就能直视棺椁死亡。

不朽的福地紧邻黑暗的王国,

光荣与死亡不过两个幽灵,
身着节日的盛装,或哀悼的丧服!

愿你幸福,啊,我亲爱的朋友,
平静地向生活致意,享受美好的时光;
在缓缓流淌的时间长河里沉眠,
任凭那波涛兀自流淌!

一个星期

［英］哈代

徐志摩　译

星期一那晚上我关上了我的门,
心想你满不是我心里的人,
此后见不见面都不关要紧。

到了星期二那晚上我又想到
你的思想,你的心肠,你的面貌,
到底不比得平常,有点儿妙。

星期三那晚上我又想起了你,
想你我要合成一体总是不易,

就说机会又叫你我凑在一起。

星期四中上我思想又换了样；
我还是喜欢你，我俩正不妨
亲近地住着，管它是短是长。

星期五那天我感到一阵心震，
当我望着你住的那个乡村，
说来你还是我亲爱的，我自认。

到了星期六你充满了我的思想，
整个的你在我的心里发亮，
女性的美哪样不在你的身上？

像是只顺风的海鸥向着海飞，
到星期天晚上我简直地发了迷，
还做什么人这辈子要没有你！

我究竟怎样爱你

[法]伊丽莎白·芭蕾特·勃朗宁
飞白 译

我究竟怎样爱你？让我细数端详。
我爱你直到我灵魂所及的深度、
广度和高度，我在视力不及之处
摸索着存在的极致和美的理想。
我爱你像最朴素的日常需要一样，
就像不自觉地需要阳光和蜡烛。
我自由地爱你，像人们选择自由之路；
我纯洁地爱你，像人们躲避称赞颂扬。
我爱你用的是我在昔日的悲痛里
用过的那种激情，以及童年的忠诚。

我爱你用的爱,我本以为早已失去
(与我失去的圣徒一同);我爱你用笑容、
眼泪、呼吸和生命!只要上帝允许,
在死后我爱你将只会更加深情。

爱在我们之间升起

[西班牙] 米洛尔·埃尔南德斯
飞白　译

爱在我们之间升起
像月亮在两棵棕榈之间——
它们从未拥抱。

两个身体亲密的絮语
汇成一片沙沙的波涛,
但沙哑的是受折磨的声音,
嘴唇化作了石雕。

肉体腾起互相缠绕的渴望，
连骨髓都被照亮而燃烧，
但伸出去求爱的手臂
却在自身之中枯凋。

爱——月亮——在我们间传递，
而又吞噬销蚀分隔的身体，
我们是两个幽灵，远远相望
而互相寻找。

旭日不曾以如此
温馨的蜜吻[1]

[英] 莎士比亚

朱生豪 译

旭日不曾以如此温馨的蜜吻
　　给予蔷薇上晶莹的黎明清露,
有如你的慧眼以其灵辉耀映
　　那淋下在我颊上的深宵残雨;
皓月不曾以如此璀璨的光箭
　　穿过深海里透明澄澈的波心,
有如你的秀颜照射我的泪点,

---

[1] 据喜剧《爱的徒劳》整理。

一滴滴荡漾着你冰雪的精神。
每一颗泪珠是一辆小小的车，
　　载着你在我的悲哀之中驱驰；
那洋溢在我睫下的朵朵水花，
　　从忧愁里映现你胜利的荣姿；
请不要以我的泪作你的镜子，
　　你顾影自怜，我将要永远流泪。
啊，倾国倾城的仙女，你的颜容
　　使得我搜索枯肠也感觉词穷。

来得太迟的爱情[1]

[英]莎士比亚

朱生豪　译

可是来得太迟的爱情，

就像执行死刑以后方才送到的赦状，

不论如何后悔，

都没有法子再挽回了。

我们粗心的错误，

往往不知看重我们自己已有的可贵事物，

直至丧失了它们之后，

方始认识它们的真价。

---

[1] 据《终成眷属》整理。

我们无理的憎嫌，

往往伤害了我们的朋友，

然后再在他们的坟墓前捶胸哭泣。

我们让整个白昼在憎恨中昏睡过去，

而当我们清醒转来以后，

再让我们的爱情因为看见

已经铸成的错误而恸哭。

不，爱没有死

[法] 罗伯尔·德斯诺斯

罗洛 译

不，爱没有死——在这心里、这眼里和这宣告了它的葬礼开始的嘴里。

听着，我已对秀丽、色彩和妩媚厌倦了。

我爱着爱，爱它的温柔和残酷。

我的爱只有一个唯一的名字，只有一个唯一的形体。

一切都逝去了。那些嘴紧压着这张嘴。

我的爱只有一个唯一的名字，只有一个唯一的形体。

如果有一天你记起它，

啊你，我的爱的唯一的形体和名字，

有一天在欧罗巴和亚美利加之间的海上，

在那太阳的余晖反射在起伏的波浪的表面上的时候，或是一个暴风雨之夜在乡村的一株树下，或是在一辆飞驰的汽车里，

在马丽谢布大街春天的早晨，

在一个落雨天，

在睡觉以前的黎明，

对你自个儿说吧，我吩咐你的熟悉的心灵，我曾经是唯一的最爱你的人，可惜你并不知道。

对你自个儿说吧，我们不必对这些事感到惋惜：龙沙在我之前面波特莱尔曾为那些年老的和死去的妇人侮辱了纯洁的爱而惋惜而歌唱。

你啊，当你死去的时候，

你将是美丽的并依然抱有希望。

而我将已经死去了，整个地包容在你不朽的躯体里，在你可惊的影像里——你曾呈现在生命和永恒的连续不断的奇迹中，但是，假如我还活着，

你的声音的音调，你的眼色和它的光彩，

你的气味和你的发的气味和许多其他的东西都将活在我的身上，

在我的身上，而我不是龙沙也不是波特莱尔，

我只是罗伯尔·德斯诺斯，而因为我认识你并爱
过你，

我完全和他们一样。

我只是罗伯尔·德斯诺斯，为了爱你

我不愿在这可鄙的大地上再去依附别的荣誉。

Beata Solitudo[1]

[英]欧内斯特·道生

戴望舒 译

是何处潜沉之境,

那里有繁星光照幽幽,

照那林檎花影,

和露湿枝头,

是我和卿所有?

那潜沉的山谷,

我们要去找寻;

---

[1] 拉丁文,意为:幸福的孤独。

去那儿避脱
尘世的纷纭，
长伴那幽清之境！

人事已久离心膈，
我们且自安宁，
且自家休息：
已消失的欢欣
也快来临。

我们同把尘寰弃，
也不把名誉与勋劳
放在深心里；
只看那繁星闪耀，
只在仁慈地相照。

不管那人生劳悴，
与悲啼欢笑；
在这深林清翠，
幻影中仙梦逍遥，
我们都深深睡倒。

愿有那潜沉之境,

那里有繁星光照幽幽,

照那林檎花影,

和露湿枝头,

是我和君所有!

请你暂敛笑容，
稍感悲哀

［英］欧内斯特·道生
戴望舒 译

亲爱的，请暂时把欢容收敛，
此处只可怜残月，流照潜沉；
你秋波转盼知难久，
却叫我愁人，怎地欢欣！

亲爱的，请无言鉴此柔情，
只将你幽幽云发，披上我全身。
往日的愁怨，平凡的旧事，
又同来侵我忧心。

今朝一刻争能久,
可就要朱颜灰褐,消失了芳春?
可就难再寻觅
这缠绵抑郁的柔情?

亲爱的,待到中年憔悴,忘了心头恨,
让旧事模糊,怕它哀怨频侵;
且抛了青春神圣,
让它迟暮来临。

你樱口榴红片片,
可让我餐此芳醇?
我愿在你园中长逝,
让南风浓郁,解我微愠。

我已把"消亡"收集,在你唇边,
再向君一顾,怕便要长宁。
我虽是一生多恨,
向你胸前死,却是无上的温馨。

亲爱的,要是死亡不就来临,

请凝想着我们在此闲凭：

还在吻时谛听

南风的细语低吟。

在微语着的柔枝下，有你芳园，

在这里不知时间转变，世事纷纭，

也不知死亡和痛苦，

和那无诚的盟誓，会使人忧虑又离分。

In Tempore Senectutis[①]

[英]欧内斯特·道生

戴望舒 译

在我老来时候,

悲苦地偷自相离,

走入那黑暗灰幽,

啊,我心灵的伴侣!

不要把彷徨者放上心怀,

只记得那能歌能爱,

又奔腾着热血的人儿,

在我老来时候。

---

① 拉丁文,大意:到了老的时候。

在我老来时候，
一切旧时的情火，
已渐渐消归无有，
啊，我心所希图！
你不要深深记念，
只想那已去的芳年，
那时心儿相倚怎情多，
年岁却在那儿驰走。

在我老来时候，
那头顶的繁星，
都变成残忍又灰幽，
啊，我仅有的爱人！
且让我相离；
你且记我俩的往年时，
不要想如何消失了爱情，
在我老来时候。

辞　别

[英] 欧内斯特·道生

戴望舒　译

要是我俩必须分别，

我们就照此而行；

不要只心儿相压，

也不要徒然哀哀地亲吻；

且握着我手低头说：

"且待明朝或他日，

要是我俩必须分别。"

空语是无用又轻微，

而我们相爱又怎地坚强；

啊,且听那幽默在陈词:

"人生只片刻,爱情却很悠长;

一时播种又一时收获,

收获后便可昏沉地安宿,

但言语却无用又轻微。"

园丁集（节选）

[印度] 泰戈尔

郑振铎　译

16

两手相握，两眼相望：就这样开始了我们的心路历程。

那是三月一个洒满月光的夜晚；空气中飘散着凤仙花芬芳的气息；我的长笛孤零零地躺在地上，你的花环也没有编好。

你我之间的爱单纯得像一支歌。

你橘黄色的面纱把我的双眼迷醉。

你为我编织的茉莉花环像一种荣耀使我的心震颤。

这是一个欲予欲留，若隐若现的游戏，有些微笑，有些娇羞，亦不乏一些甜蜜而无谓的挣扎。

你我之间的爱单纯得像一支歌。

没有视线之外的神秘；没有可能之外的强求；没有魅惑背后的阴影；没有黑暗深处的探索。

你我之间的爱单纯得像一支歌。

我们没有偏离语言的轨道，陷入永恒的沉默；我们没有举起双手，向天空乞求希望之外的东西。

我们给予的和得到的已经足矣。

我们从不曾把欢乐彻底碾碎，从中榨出痛苦之酒。

你我之间的爱单纯得像一支歌。

33

我爱你，心爱的人。请宽恕我的爱。

我像一只迷路的鸟被你捕获。

当我的心颤抖时，它丢了面纱，赤裸裸地呈现出来。用怜悯遮住它，我心爱的人啊，请宽恕我的爱。

如果你不能爱我，心爱的人，请宽恕我的痛苦。

不要在远处斜视着我。

我将偷偷地回到我的角落，在黑暗中独坐。

我将用双手遮住我赤裸的羞愧。

转过你的脸吧，别看我，心爱的人，请宽恕我的痛苦。

如果你爱我，心爱的人，请宽恕我的快乐。

当我的心被幸福的洪水卷走时，不要嘲笑我毫无理智的放纵。

当我坐上我的宝座，用我专制的爱来统治你时，当我像女神一样把我的宠爱恩赐予你时，请宽恕我的骄傲，心爱的人，也请宽恕我的快乐。

50

爱，我的心日夜都渴望着与你相见——那吞没一切的死亡般的相见。

像一阵风暴把我卷走吧，把我的一切都带走；劈开我的睡眠，抢走我的梦境。从我身边剥夺走我的世界。

在那毁灭中，在那灵魂的赤裸中，让我们在这美丽中合一吧。

天啊，我的梦想只是徒然！除了在你这里，哪里还有这合一的希望呢，我的上帝？

61

安静吧，我的心，让这离别的时刻甜美动人。

让它不是死亡而是圆满。

让爱融入记忆，让痛苦融入歌声。

让穿越天空的飞翔以敛翼归巢作为结局。

让你双手的最后接触，如夜晚的花朵般温柔。

就这样站着吧，啊，美丽的结局，在静默中说出你最后的言辞。

我向你鞠躬，举起我的灯，照亮你的归途。

62

在梦境中那幽僻的小径上，我追寻着前世的爱恋。

她的房子就在那荒凉的路的尽头。

夜晚的微风中，受她宠爱的孔雀正在架子上昏睡，鸽子正沉默地躲在自己的角落里。

她把灯安放在门口，站在我面前。

她抬起一双大眼睛望着我的脸，无言地问："你好吗，我的朋友？"

我想去回答，可语言早已迷失和忘却。

我想了又想，却怎么也想不起我们叫什么名字。

泪水在她眼中闪烁。她向我伸出右手。我握住她的手默默地站着。

我们的灯在夜晚的微风中摇曳着熄灭了。

65

那又是你在呼唤我吗?

夜晚来临。疲惫如同求爱的手臂紧紧箍着我。

你在呼唤我吗?

我已把所有的白昼都给了你,残忍的情人啊,难道你还定要把我的夜晚也掠走吗?

万事都会有个终结,黑暗中的静寂是个人独有的。

难道你的声音定要穿透这黑暗来刺激我吗?

难道你门前的夜晚没有催眠曲吗?

难道那生着静默之翼的星星从未爬上过你无情之塔的上空吗?

难道你园中的花朵从不曾在温柔的死亡中坠入尘埃吗?

难道你定要呼唤我吗,你这不安分的人?

那就让爱情忧伤的双眼,徒然地因盼望而流泪。

让灯盏在孤寂的房中燃烧。

让渡船把疲惫的劳工载回家。

我把梦幻丢在身后,来奔赴你的呼唤。

笑 与 泪

［黎巴嫩］纪伯伦

李唯中 译

夕阳从花木繁茂的花园收起金黄色的长尾，明月升起在遥远的天际，将柔和的月华洒在花园里。我坐在树下，静静观赏着天色的变化，透过树木枝条间仰望挂在瓦蓝色的天毯上的银圆似的星斗，耳里聆听着从远处山谷传来的溪水的淙淙流淌声。

鸟儿藏身在叶子浓密的树枝间，花儿合上了眼，大自然一片寂静。这时，忽然听到踏着青草的沙沙脚步声传来，我调转视线望去，只见一对少年男女正朝我走来。片刻后，二人坐在一棵枝繁叶茂的树下；我能看见他俩，而他俩却看不见我。

那小伙子朝四周环视了一下，然后我听他说道："亲爱的，你就坐在我的身边，听我说吧！你微笑吧！因为你的微笑是我们未来的标志;你欢乐吧!因为岁月已在为我们而欢乐。我的心灵告诉我,你的心中有疑虑;亲爱的,对爱情心怀疑虑是一种罪过。这大片银白色月亮映照下的地产很快就要归你所有,你也将成为这足以与王宫媲美的宫殿的女主人。我的宝马将供你四处游览时乘骑,我的花车将载着你出入舞场、筵席。亲爱的,你就像我的宝库中的黄金那样笑吧!亲爱的,你就像我父亲的珠宝那样望着我吧!亲爱的,你听啊,我的心只会在你的面前倾诉衷情。我们面临着甜蜜之年。我们将带着大量金钱,到瑞士湖畔、意大利的旅游胜地、尼罗河上的宫殿附近和黎巴嫩的雪杉枝条下,度过我们的甜蜜之年。你将见到公主和贵妇人,她们也将嫉妒你的周身华丽服饰、珠光宝气。那一切都由我提供给你,难道你不喜欢?啊,你的微笑多么甜美!你的微笑与我的命运微笑是何其相似啊!"

过了一会儿,我看见他俩缓步走去,脚下踏着鲜花,就像富人的脚踏着穷人的心。

二人消失在我的视野里,而我还在思考着金钱在爱情中的地位。我想:金钱乃人为恶之源,而爱情则是幸福与光明的源泉。

我一直沉湎于这种思考之中,直到两个人影从我面前走过,然后在草地上坐了下来。一个是小伙子,另一个是姑娘,来自田间的农家茅舍。一阵发人深省的寂静过后,我听到那个患肺病的小伙子谈话中夹带着深深的叹息声。他说："亲爱的，擦擦泪吧！爱神想打开我们的眼界，使我们成为她的崇拜者。爱神赋予我们以忍耐品性和吃苦精神。亲爱的，擦擦眼泪吧！你要忍耐，因为我们早已结成崇拜爱神的同盟。为了甜蜜的生活，我们宁可忍受穷困的折磨、不幸的苦涩和分离的煎熬。我一定要与岁月搏斗，以便挣到值得放在你手中的一笔钱财，足以帮助我们度过此生的各个阶段。亲爱的，爱情就是我们的主，会像笑纳香火那样接受我们这叹息的眼泪，同样也把我们应得的奖赏给我们。亲爱的，我要同你告别了，因为月落乌啼之前我得离去。"

之后，我听到一种低微柔和的声音，且不住被炽热的长叹声打断。那是一位温柔少女的声音，其中饱含着发自少女周身的爱情的火热、分离的痛苦和忍耐的甘甜。她说："亲爱的，再见！"

二人分手，我仍坐在那棵树下，只觉得无数只怜悯之手争相拉扯我，这个奇妙宇宙的种种奥秘争相挤入我的脑海。

那时，我朝着沉睡的大自然望去，久久观察，发现那里有一种无边无沿的东西；那种东西用金钱买不到；那种东西，秋天的眼泪抹不去、冬季的痛苦折磨不死；那种东西在瑞士的湖泊、意大利的旅游胜地找不到；那种东西忍耐到春天便复生、到夏季便结果。我在那里所发现的就是爱情。

此时这悲惨的分离水,
　　将我们带进,
　　　　最后的夜沉沉。

别离辞：节哀

[英] 约翰·邓恩

卞之琳 译

正如德高人逝世很安然，
　　对灵魂轻轻地说一声走，
悲恸的朋友们聚在旁边，
　　有的说断气了，有的说没有。

让我们化了，一声也不作，
　　泪浪也不翻，叹风也不兴；
那是亵渎我们的欢乐——
　　要是对俗人讲我们的爱情。

地动会带来灾害和惊恐,
　　人们估计它干什么,要怎样,
可是那些天体的震动,
　　虽然大得多,什么也不伤。

世俗的男女彼此的相好,
　　(他们的灵魂是官能)就最忌
别离,因为那就会取消
　　组成爱恋的那一套东西。

我们被爱情提炼得纯净,
　　自己都不知道存什么念头
互相在心灵上得到了保证,
　　再不愁碰不到眼睛、嘴和手。

两个灵魂打成了一片,
　　虽说我得走,却并不变成
破裂,而只是向外伸延,
　　像金子打到薄薄的一层。

就还算两个吧,两个却这样

和一副两脚规情况相同；
你的灵魂是定脚，并不像
　　移动，另一脚一移，它也动。

虽然它一直是坐在中心，
　　可是另一个去天涯海角，
它就侧了身，倾听八垠；
　　那一个一回家，它马上挺腰。

你对我就会这样子，我一生
　　像另外那一脚，得侧身打转；
你坚定，我的圆圈才会准
　　我才会终结在开始的地点。

给秋天

林徽因

正与生命里一切相同,
我们爱得太是匆匆;
好像只是昨天,
你还在我的窗前!

笑脸向着晴空,
你的林叶笑声里染红,
你把黄光当金子般散开,
稚气,豪侈,你没有悲哀。

你的红叶是亲切的牵绊,那零乱
每早必来缠住我的晨光。
我也吻你,不顾你的背影隔过玻璃!
你常淘气地闪过,却不对我忸怩。

可是我爱得多么疯狂,
竟未觉察凄厉的夜晚
已在你背后尾随,——
等候着把你残忍地摧毁!

一夜呼号的风声
果然没有把我惊醒,
等到太晚的那个早晨,
啊,天!你已经不见了踪影。

我苛刻地诅咒自己,
但现在有谁走过这里,
除却严冬铁样长脸
阴雾中,偶然一见。

问 谁

徐志摩

问谁？啊，这光阴的播弄
　问谁去声诉，
在这冻沉沉的深夜，凄风
　吹拂她的新墓？

"看守，你须用心地看守，
　这活泼的流溪，
莫错过，在这清波里优游，
　青脐与红鳍！"

那无声的私语在我的耳边
　　似曾幽幽的吹嘘,——
像秋雾里的远山,半化烟,
　　在晓风前卷舒。

因此我紧揽着我生命的绳网,
　　像一个守夜的渔翁,
兢兢的,注视着那无尽流的时光——
　　私冀有彩鳞掀涌。

但如今,如今只余这破烂的渔网——
　　嘲讽我的希冀,
我喘息的怅望着不复返的时光:
　　泪依依的憔悴!

又何况在这黑夜里徘徊,
　　黑夜似的痛楚:
一个星芒下的黑影凄迷——
　　流连着一个新墓!

问谁……我不敢怆呼,怕惊扰

这墓底的清淳；
我俯身，我伸手向她搂抱——
　　啊，这半潮润的新坟！

这瘆人的旷野无有边沿，
　　远处有村火星星，
丛林中有鸱鸮在悍辩——
　　此地有伤心，只影！

这黑夜，深沉的，环包着大地：
　　笼罩着你与我——
你，静凄凄地安眠在墓底；
　　我，在迷醉里摩挲！

正愿天光更不从东方
　　按时的泛滥：
我便永远依偎着这墓旁——
　　在沉寂里消幻——

但青曦已在那天边吐露，
　　苏醒的林鸟，

已在远近间相应地喧呼——
　　又是一度清晓。

不久,这严冬过去,东风
　　又来催促青条:
便妆缀这冷落的墓宫,
　　亦不无花草飘摇。

但为你,我爱,如今永远封禁
　　在这无情的地下——
我更不盼天光,更无有春信:
　　我的是无边的黑夜!

陶　杯

［智利］米斯特拉尔
赵振江　译

我梦见一个简朴的陶杯出现在眼前，
它在将你的骨灰装殓；
杯子的壁是我的面颊，
咱俩的灵魂和谐相处，亲密无间。

我不愿将你的骨灰撒在闪光的金杯，
也不愿在精美的古代宝罐里安放。
只愿将你收殓在一个陶土的杯子里，
简单朴实就像我裙子上的皱褶一样。

这一天下午我到河边将陶土捞取。
心潮翻滚,制作那个陶杯。
扛着庄稼的农妇从那里走过,
她们哪知道我在捏丈夫的床帷。

我将那一杯陶土捧在手里,
它像一丝泪水从指缝里无声地流去。
我要用超人的亲吻给杯子打上印记,
我无限深情的目光是你唯一的寿衣。

徒劳的等待

[智利]米斯特拉尔
赵振江 译

我忘了
你轻快的脚步已化作灰烬,
又像在美好的时辰
到小路上把你找寻。

穿过山谷、河流、平原,
歌声变得凄惨。
黄昏倾泻了它的光线,
可你仍是动静杳然。

太阳火红,枯萎的罂粟花瓣
已经散落成碎片;
细雾蒙蒙使原野颤抖,
我孑然一身与谁为伴!

秋风瑟瑟,摇曳着
一棵树发白的手臂。
我感到恐惧,呼唤着你:
"快来呀,亲爱的!

"我有恐惧也有爱情,
亲爱的,加快你的行程!"
茫茫夜色越来越重,
我的痴情越来越浓。

我忘了
你已听不到我的呼唤;
我忘了
你的沉默和黑色的容颜;

忘记了你冰冷僵硬的手

已不会将我找寻；
忘记了你的瞳孔已经扩散，
由于上帝对你的审问！

夜色展开了黑色的幕帐，
报忧不报喜的猫头鹰
将可怕的、丝绸般的翅膀
扑打在田间的小路上。

我不再将你呼叫，
你已不在那里操劳；
我赤着脚继续行走
你已经不再上道。

我沿着荒凉的小路
徒劳地赴约寻找。
你的灵魂已不会
进入我敞开的怀抱！

忆

[英]艾米丽·勃朗特
飞白 译

你冷吗,在地下,盖着厚厚的积雪,
远离人世,在寒冷阴郁的墓里?
当你终于被隔绝一切的时间隔绝,
唯一的爱人啊,我岂能忘了爱你?

如今我已孤单,但难道我的思念
不再徘徊在北方的海岸和山冈,
并歇息在遍地蕨叶和丛丛石南
把你高尚的心永远覆盖的地方?

你在地下已冷,而十五个寒冬
已从棕色的山冈上融成了阳春;
经过这么多年头的变迁和哀痛,
那长相忆的灵魂已够得上忠贞!

青春的甜爱,我若忘了你,请原谅我,
人世之潮正不由自主地把我推送,
别的愿望和别的希望缠住了我,
它们遮掩了你,但不会对你不公!

再没有迟来的光照耀我的天宇,
再没有第二个黎明为我发光,
我一生的幸福都是你的生命给予,
我一生的幸福啊,都已和你合葬。

可是,当金色梦中的日子消逝,
就连绝望也未能摧毁整个生活,
于是,我学会了对生活珍惜、支持,
靠其他来充实生活,而不靠欢乐。

我禁止我青春的灵魂对你渴望,

我抑制无用的激情迸发的泪滴,
我严拒我对你坟墓的如火的向往——
那个墓啊,比我自己的更属于自己。

即便如此,我不敢听任灵魂苦思,
不敢迷恋于回忆的剧痛和狂喜;
一旦在那最神圣的痛苦中沉醉,
叫我怎能再寻求这空虚的人世?

我灵魂的深处
埋着一个秘密

［英］拜伦

徐志摩 译

我灵魂的深处埋着一个秘密,
　　寂寞的,冷落的,更不露痕迹,
只是有时我的心又无端抨击。
　　回忆着旧情,在惆怅中涕泣。

在那个墓宫的中心,有一盏油灯,
　　点着缓火一星——不灭的情焰;
任凭绝望的惨酷,也不能填湮
　　这孱弱的光棱,无尽的绵延。

记着我——啊，不要走过我的坟茔，
　　忘却这抔土中埋着的残骨；
我不怕——因为遍尝了——人生的痛苦，
　　但是更受不住你冷漠的箭铁。

请听着我最后的凄楚的声诉——
　　为墓中人悱恻，是慈悲不是羞，
我惴惴地祈求——只是眼泪一颗，
　　算是我恋爱最初、最后的报酬！

歌

[英]克里斯蒂娜·罗塞蒂
徐志摩 译

我死了的时候,亲爱的,
　　别为我唱悲伤的歌;
我坟上不必安插蔷薇,
　　也无须浓荫的柏树:
让盖着我的青青的草
　　淋着雨,也沾着露珠;
假如你愿意,请记着我,
　　要是你甘心,忘了我。

我再看不见地面的青荫,

觉不到雨露的甜蜜；
再听不见夜莺的歌喉
　在黑夜里倾吐悲啼；
在悠久的昏暮中迷惘，
　阳光不升起，也不消翳；
我也许，我也许记得你，
　我也许，我也许忘记。

流　离

［英］欧内斯特·道生
戴望舒　译

在那伤心的南浦，
往日我们曾携手徘徊，
今只一些旧时幽影，
还深深地萦绕胸怀。

音乐我今都厌倦，
蔷薇于我也不够清凄：
只这分离水畔的微吟，
却胜于音乐与蔷薇。

在那伤心的南浦,

我听见幽影之乡,

发出我爱者崇高的叹息;

心里模糊了你清绝的容光。

要是你玉躯早殒,

怎海外没一丝消息传来?

要是你尚在尘寰,这伤心的南浦

会将我俩的灵魂永永分开。

我俩伤心堕泪无人晓;

回忆灰濛了往日的欢欣;

此时这悲惨的分离水,

将我们带进,最后的夜沉沉。

Vanitas[①]

[英] 欧内斯特·道生

戴望舒 译

离了悲啼,

又不再手儿相触,

在那白云幽隐地,

她可在安然睡熟?

啊,她是能知觉!

经几许风霜残扫,

又几多悠久的光阴,

---

① 拉丁文,大意:空虚。

自她与死神去了，
丢我在更疲乏的途程：
今儿才有这迟缓的光荣！

那胜利与王冠，
在今日，有什么价值？
只一句幽语未传，
到今日却何从说？——
且将荣誉的棕枝丢掷！

只愿得一次与她相见；
倦手将桂枝抛却：
在那易忘了的乡间
她墓柏也比桂枝甜蜜。
啊，她或能知觉！

但她可能将手臂伸张，
穿过那困疲的河侧
到稍远的殊方，
一会儿离开窀穸？
啊，她可能知觉？

分　离

[英]哈代

徐志摩　译

急雨打着窗，震响的门枢，

大风呼呼的，狂扫过青草地，

在这里的我，在那里的你，

中间隔离着途程百里！

假使我们的离异，我爱，

只是这深夜的风与雨，

只是这间隔着的百余里，

我心中许还有微笑的生机。

但在你我间的那个离异,我爱,

不比那可以短缩的距离,

不比那可以消歇的风雨,

更比那不尽的光阴,邈远无期!

在心眼里的颜面

[英]哈代

徐志摩 译

那是她从前的窗,
　　窗前的烛焰
透露着示意的幽光。
　　"我在此间!"

如今,还同从前,我见她
　　在玻窗上移动;
啊:那是我的幻想的浮夸,
　　唤起她的娇容!——

不论在海上，在陆地，在梦里，
　　她永远不离我的心眼，
任凭世上有沧海与桑田的变异，
　　我永远保有她的委婉。

这般的姿态，又温柔，又娇羞，我爱，
　　谁能说你不美？
怜悯我的孤寂与忧恐，你常来。
　　我的恋爱的鬼！

四月之爱

［英］欧内斯特·道生
戴望舒　译

在爱情的地上曾一会儿徘徊，
爱情的功课曾一时间受教；
可能在日暮时不分开，
那时禁不得幽哀与惨笑？

一时间在烈日光中，
我俩缠绵相拥，又蜜吻迷离；
早忘了暮时的阴影，
那时爱情已和我俩相遗。

我俩也无须宣誓,
爱情自在如山上的清风;
密密地也不相言语,
我们终是两心同。

可能在日暮不分开,
我们只一会儿相爱,
不就作末次的唇儿相吻,
那时禁不得惨笑与幽哀。

我要留在这儿[1]

[英]莎士比亚

朱生豪 译

啊！我的爱人！我的妻子！

死虽然已经吸去了你呼吸中的芳蜜，

却没有力量摧毁你的容貌；

你还没有被它征服；

在你的嘴唇上、面庞上，

依然显着红润的美颜，

不曾让灰白色的死亡进占。

……

---

[1] 据《罗密欧与朱丽叶》整理。

啊！亲爱的……

你为什么仍然这样美丽？

难道那虚无的死亡、那枯瘦可憎的妖魔，

也是个多情的种子？

所以把你藏匿在这幽暗的洞府里

做它的情妇吗？

为了防止这样的事情，

我要永远陪伴着你，

再不离开这漫漫长夜的幽宫；

我要留在这儿，

跟你的侍婢，那些蛆虫们在一起；

啊！我要在这儿永久安息下来，

从我这厌倦人世的凡躯上，

挣脱罪恶的束缚。

眼睛，瞧你最后的一眼吧！

手臂，作你最后一次的拥抱吧！

嘴唇，啊！你呼吸的门户，

用一个合法的吻，

跟网罗一切的死亡

订立一个远久的契约吧！

来，苦味的向导，绝望的领港人，
现在赶快把你厌倦于风涛的船舶
向那巉岩上冲撞过去吧！

黄昏时候

[法] 莱昂-保尔·法尔格

罗洛 译

黄昏时候，他们进来了。——一盏灯在室内展开它的翅膀。有人把一只手放在我的肩上。她走了。用离奇的声音说过话。——穿过打开的门，可以听见倦于灼热的脚步声，一些沉闷的声音，一个抚爱的声音，然后是黄昏的凉凉的音响。一扇没有挂上帘幕的窗子，从它可以望见城市，那儿，海市蜃楼正低低地降落下来，而移动着的街道深处像一条河……

她走了。我无声地把门打开，走到没有灯光的楼梯上。在平台上，只听见喷泉的暧昧的怨诉。但是我看见黄昏的手，在我的双手之前，滑过了栏杆。

我走进屋子。我立刻看见一些我如此熟悉的衣服，那是她遗留在椅子上的。我走过去抚摸它们，并感觉到它们。的确，她在这黄昏的屋子内，无所不在地颤动着。而她的目光在那儿闪烁，好像一个以其最好的形式展现出来的要素。

我停留在那儿，不敢动一动，也没有哭泣，因为从压在我唇上的一阵轻微的战栗，我强烈地感到她的存在。

<u>我在你声音围绕中繁盛,</u>
　　<u>我纵死去,</u>
　　　　<u>也不会把你失却。</u>

客 来

[德] 赫尔曼·黑塞

钱春绮 译

有人敲门。服务员进来。我惊讶地听说:
来了客人!我倒有点打不起精神。
可是,瞧啊——幸福真是变幻莫测——
是我的朋友路易①和他的美貌夫人!
他开汽车来,来自苏黎世、巴黎,
依旧不安定地漫游世界,
他对我大谈其布拉克和毕加索,

---

① 路易,瑞士画家,黑塞之友。在小说《克林索尔的最后夏天》中以残暴者路易的形象出现。

在马达声中,显得活泼愉快,
带来巴塞尔、苏黎世的友人的问好,
依旧认为法国是天堂,
他衷心劝我到那里去走一趟,
因为那里没有德国式的疑难问题存在。
可是他说,在最近几天里,
如果没什么耽误,就要开车
前往西班牙,也许要在那里作画,
他邀请我:一同去吧!可是我最近,
连起床和穿衣都不方便,
都会感到疼痛和头晕。
啊,路易!我听你说话,真高兴。我的病室,
听到你这可爱的鸟儿歌唱以后,不再是墓穴,
世界还存在,依旧在游乐欢笑——
可喜的消息听起来多么奇妙!
这时,他夫人静静地、愉快地、默默地
微笑着听我们闲聊,我不知道,
十五分钟时间,平时是那样漫长,
现在却像音乐一样很快地过去了。
我们互相握手,笑着,他们走了,
门关上了。再见!再会了?

命运的日子[1]

[德] 赫尔曼·黑塞

钱春绮 译

当阴沉沉的日子来临,
世界冷冷地恶意地观望,
你胆怯地发现,你把信赖
完全寄托在你自己身上。

可是当你被逐出古老的
欢乐之邦,从自己身上
你却根据你的信仰

---

[1] 本诗献给罗曼·罗兰。

看到那些新的天堂。

对你似乎陌生而恶意的,
现在你感到是你自己的,
你用些新的名字称呼
你的命运而忍受一切。

要压倒你的那些威胁,
现在显得亲切,充满灵气,
它们是使者,又是向导,
领你走向更高的境域。

多瑙把一颗
不再跳动的心

[英] 阿尔弗雷德·丁尼生
飞白 译

多瑙①把一颗不再跳动的心
交还给故乡的塞汶河,
埋在岸边景色如画的山坡,
那儿能倾听水波的声音。

塞汶河上每日两次潮汐,

---

① 作者好友哈勒姆二十二岁时意外猝死于(多瑙河边的)维也纳,归葬故里。作者为悼念知心好友,写成《悼念集》,本诗选自《悼念集》之19。

苦咸的海水把河口浸没，
迫使半条喋喋的怀河沉默，
使得山冈之间阒无声息。

怀河噤口无声，停止流动，
我深深的悲伤也噤口无言。
不能落的泪水呀已经盛满，
满腔悲痛淹没了我的歌声。

潮水退了，两岸绿荫墙间，
水波重新作响，汩汩滔滔，
我的更深的痛苦也落了潮，
我才能略略吐露我的情感。

我不妒忌笼中出生的小鸟[1]

[英] 阿尔弗雷德·丁尼生

飞白 译

我不妒忌笼中出生的小鸟——
这缺乏高贵怒火的囚徒,
不管它自己是否觉得幸福,
它从未见过夏天森林的奇妙;

我不妒忌为所欲为的野兽,
它在自己的期限里放纵,

---

[1] 选自《悼念集》之27。

不因犯罪感而约束行动，
也不因良心觉醒而发愁；

我不妒忌从未作过盟誓的心，
尽管它可以自诩为幸福，
它只在懒惰的莠草中朽腐，
我不妒忌匮乏造成的安宁。

不论何事降临，我确信，
在最悲痛的时刻我觉得：
我宁肯爱过而又失却，
也不愿做从未爱过的人。

如今最后一片积雪正在融化[1]

[英] 阿尔弗雷德·丁尼生
飞白 译

如今最后一片积雪正在融化，
如今围绕着开花的田野，
山楂的行列长出了嫩叶，
桦树根边紫罗兰开出了繁花。

远方的色彩变得更加柔和，
林间的回声连绵不断，

---

[1] 选自《悼念集》之115。

云雀融进远天的蔚蓝,
化成一曲看不见的歌。

阳光在原野牧场上欢舞,
山谷里的羊群更加洁白,
在蜿蜒的河上、在远海,
片片归帆白得赛过牛乳。

海鸥高叫,时而在绿光中
潜入水波溶溶;群群候鸟
愉快地飞越万里迢迢,
在大陆之间迁飞,换一片天空
去营巢孵卵;于是春晖
融开了我的心扉,我的悼念
也化成一朵四月的紫罗兰,
和她的姐妹一齐发芽吐蕊。

你的声音
随风流动[1]

[英] 阿尔弗雷德·丁尼生

飞白 译

你的声音随风流动,
在水的潺潺中我听见你,
你站在初升的太阳里,
落日里也映出你的面容。

现在你是什么?我没法猜,
尽管我在星星里在花朵里

---

[1] 选自《悼念集》之130。

感到你成了扩散的力，
这并不减弱我对你的爱。

我的爱包含着以往的情，
我的爱现在更加广大，
虽然你和上帝和自然溶化，
我对你的爱似乎与日俱增。

你去远了，但永远亲切，
我仍然有你，我为此高兴，
我在你声音围绕中繁盛，
我纵死去，也不会把你失却。

挚 友

[日] 尾崎喜八

李玲 译

我们曾结伴旅行

在那个六月,走过七叶树开满花的鸟道羊肠

在山顶眺望远方

沐浴在初夏的山谷温泉

我们在浓荫蔽日的林间畅饮清泉

打开背包大快朵颐

听杜鹃在深山的正午欢鸣

或远或近,百啭千声

我们全身沐浴着山顶的阳光
山中空气芬芳馥郁，透着沁凉清爽
淡红色的地热自脚下蔓延
置身其中，改变了我们的模样

而今旅行归来，奔赴生活与工作
决心踏出新的一步，开启全新的旅程
用心倾听远处群山父亲般的示意
而今天，我却止住脚步
想念你啊，我最亲爱的朋友

不知何时会随你而逝的
属于你最脆弱，最缥缈
恐怕也是最美好的那部分
你的身姿，你的气质，你的生活方式
都被我看见

将生命寄托于你雕塑的工作
其自身就会伴随雕塑永生
但你的存在就如夏天的彩虹
这生活的杰作还有几人能记得呢

这份美好的脆弱时常催我热泪盈眶

这份脆弱的美好亦令我爱你愈深

朋友哟,我曾触碰到你作为人的气质芬芳

在那重峦叠嶂之间

致普欣

[俄]普希金

戈宝权 译

五月四日[①]

庆贺生日,你殷勤好客,
呵,我亲爱的普欣!
一位隐者步履蹒跚,
真诚地来把你寻访。
不用繁文缛礼,

---

① 普欣的生日是5月4日。

也毋须敞开正门,
迎接这善良的诗人。
这客人不拘礼节,
不要求迎来送往,
故作虚假的客套。
只请接受他的亲吻,
一颗诚挚的心,
对你朴实的祝愿。
快为客人备好酒宴,
在涂蜡的小桌上,
把啤酒杯斟满,
高脚杯里倒上琼浆。
啊,旧时的酒友!
让我们智慧的火光,
暂停在心里燃烧,
忘情痛饮醉今朝!
让身生双翼的老人,
跨上驿马飞奔;
欢娱中流失的时光,
对我们仍弥足珍贵。

知心的朋友,你多幸福!

镇日价无忧无虑,

在金色的静谧里,

潇洒度日月。

你优雅地聊天,

不知人间灾难;

你虽然不是诗人,

却像贺拉斯一样悠闲。

你虽然住陋舍,

却不和恶人勾搭,

如吉普克拉特①之流;

也不结交阴郁的神甫。

在你家的大门口,

看不见门庭若市的烦扰;

只有欢乐和爱神,

寻访到你的家门。

你喜欢碰杯的声响,

和烟斗的浓郁馨香;

迷恋诗歌的精灵,

---

① 吉普克拉特:古希腊名医。

也不到你家任性。

你命大福大，

你说，还要让我

再向友人祝愿什么？

唯有沉默……

愿上帝保佑你和我

一起迎来一百个五月，

待我两鬓染霜，

我将写诗对你说：

"拿杯子来，把酒斟满！

畅饮吧，忠实的伙伴，

愿与你同生共死，

让我俩在碰杯声中，

就这般地了此一生！"

致谢尔宾宁[①]

[俄]普希金

戈宝权 译

亲爱的朋友,一个人这样才能活得称心——

他不为愚蠢的情欲而重病缠身,

他没有闲暇的时间去说爱谈情,

他万事顺遂,又为万事操碎了心;

待到黄昏时分,在秘密的晚餐上,

他把馥郁芳香的美酒开怀畅饮,

吃着腻人的斯特拉斯堡的馅饼,

[①] 这首诗写给军官、"绿灯社"成员米哈伊尔·安德列耶维奇·谢尔宾宁。

同时和美人儿纳金卡亲热温存；
他把一切忧烦抛在了九霄云外，
他是帕馥斯信仰的忠实的子孙，
陪伴着西色拉岛的妙龄的女尼，
共度一个虔诚的夜晚暮雨朝云。
清晨，他一边翻阅《伤残人》杂志，
一边打着瞌睡，那样地甜蜜欢欣。
白天献给了消遣，可是一到夜晚——
库普律斯又成了主宰一切的女神。

谢尔宾宁，活泼的爱嬉戏的朋友，
趁着青春年少，体魄强健的时候，
和阿摩尔一起、还有戏谑和美酒，
我们不正是这样打发着岁月悠悠？
然而，美好的年华很快就会飞逝，
欢乐、愉悦将会把我们丢在身后，
我们的情感将会违背我们的心愿，
我们的心儿也将会枯萎、寒透，
那时候啊——不再有歌声，不再有伴侣，
不再存欲望，不再贪恋安乐享受，
我们将从雾一般的回忆的迷梦中，

寻找安慰,可爱的朋友!
那时候啊,站立在坟墓的门口,
一边对你说,一边摇着头:
"你可记得芳妮,我亲爱的?"——
我们将会莞尔一笑——不堪回首。

没有听见她说一个字

[希腊]萨福

罗洛 译

坦白地说,我宁愿死去

当她离开,她久久地

哭泣,她对我说

"这次离别,一定得

忍受,萨福。我去,并非自愿。"

我说:"去吧,快快活活的

但是要记住(你清楚地知道)

离开你的人戴着爱的镣铐

如果你忘记了我,想一想

我们献给阿佛洛狄忒的礼物

和我们所同享的那一切甜美
和所有那些紫罗兰色的头饰
围绕在你年轻的头上的
一串玫瑰花蕾、莳萝和番红花
芬芳的没药撒在你的
头上和柔软的垫子上，少女们
和她们喜爱的人们在一起
如果没有我们的声音
就没有合唱，如果
没有歌曲，就没有开花的树林。"

阿狄司，
你也许会相信

［希腊］萨福
罗洛 译

阿狄司①，你也许会相信

即使在沙第司

安娜多丽雅②也会常常想起我们

想起在这儿过的日子，那时

对于她，你就像是女神的

化身，你的歌声最使她怡悦

---

① 阿狄司，萨福的学生之一。
② 安娜多丽雅，萨福的学生之一，结婚后迁往了沙第司。

现在,她在里底亚女人们中间
最为出众,就像长着粉红纤指的
月亮,在黄昏时升起,使她
周围的群星黯淡无光
而她的光华,铺满了
咸的海洋和开着繁花的田野
甘露滴落在新鲜的
玫瑰、柔美的百里香
和开花的甜木樨上,她
漫游着,思念着温柔的
阿狄司,在她纤弱的胸中
她的心上挂着沉重的渴望
她高声叫喊:来吧!千耳的夜神
重复着这一叫喊,越过
闪光的大海,传到我们耳边

假 如

[罗马尼亚]米哈伊·爱明内斯库
戈宝权 译

假如树枝敲打着窗户,
而白杨在迎风摇晃,
那只是让我回想起你,
让你悄悄地走近我的身旁。

假如繁星在湖水上闪耀着光芒,
把湖底照得通亮,
那只是为了让我的痛苦平息,
让我的心胸变得开朗。

假如浓密的乌云消散,

月亮重新放射出清光,

那只是为了让我心中对你的思念

永远不会消亡。

赠你这几行诗

[法] 夏尔·皮埃尔·波德莱尔
戴望舒 译

赠你这几行诗,为了我的姓名
如果侥幸传到那辽远的后代,
一晚叫世人的头脑做起梦来,
有如船儿给大北风顺势推行,

像缥缈的传说一样,你的追忆,
正如那铜弦琴,叫读书人烦厌,
由于一种友爱而神秘的锁链
依存于我高傲的韵,有如悬系;

受咒诅的人,从深渊直到天顶,
除我以外,什么也对你不回应!
——哦,你啊,像一个影子,踪迹飘忽,

你用轻盈的脚和澄澈的凝视
践踏批评你苦涩的尘世蠢物,
黑玉眼的雕像,铜额的大天使!

子规的画

[日]夏目漱石

李玲 译

我只有一张子规的画。为了感怀亡友，很长一段时间我把它收放在袋子里。随着年岁流逝，很多时候我已经完全忘却袋子的所在了。最近突然想起来，若是就这么放着或搬家腾挪之际就遗失在某处了，不如趁现在就把它拿去装裱店制作成挂画之类的。我把涩纸（一种涂柿核液的黏合纸，用于包装等，译者注）袋拿出来掸掉灰尘一看，画还原封不动躺在那里，折成四折，有点泛潮。除了画以外，竟还有几封子规的书信。我把其中子规寄给我的最后一封信以及不知道年月的较短的一封选出来，将画夹在二者之间，三者合一让人装裱了一番。

画是插在花瓶中的一枝东菊，图样简约，旁边有注释：

"把它看作行将枯萎的吧,画得拙劣你要想是因为疾病所致。若觉得我撒谎,你不妨支着胳膊时画一画便知。"从这一注释看来,连子规自己都觉得这幅画画得不好。子规画这幅画时,我已不在东京,他作歌一首"菊插瓶中,行将枯萎,君住火国,何时归兮",附于画侧,寄至熊本。

挂于墙壁,一眼望去,倍感寂寥。花、茎、叶和玻璃瓶一共仅有三种颜色。也仅有一朵绽放的花和两颗花苞。数了数叶子,总共也仅有九片。再加上周围为白色,装裱的画绢也是冰冷的蓝色,不管怎么看,凄凉感都会扑面而来。

可以看出来,子规为画此画,定是不辞劳苦,付出很大力气。仅仅三朵花,至少花了五六个小时,画面上每个角落都精心涂画。这份辛苦,不仅需要相当的决心毅力,即使从他平时作俳句和歌时总是随心所欲的性情来看,也是明显矛盾的。想来是因为画画之初他从不知哪里听说要画画必练写生,于是便决意在一花一草上践行,但在画画方面,不知是因他忘记了曾在俳句上悟得的相同方法,还是确实没有画画的本领。

以东菊为代表的子规的画,笨拙又认真。他明明文笔了得,文章一气呵成,但一接触画具,便立刻变得生硬,笔尖运行黏滞,畏缩不前,一想到这里,我不禁发笑。虚子来时看到此画,曾称赞正冈画作不错。但我一想到他的画那么单调平凡,却要花费那么多时间和劳力,便说"总觉得正冈凭着自己的头脑和才气，迫使自己干心余力绌之事，透着难以隐藏的拙感。"极其耿直规矩，没有令人不快的感觉，更无不懂装懂的装腔作势。若说其妙处就在于这份古朴稳重，那子规的画便将这种愚直发挥到极致了。然而，由于他无迅疾运笔之巧，不得已只得舍弃捷径，耐着性子认真践行涂抹主义，从这一点来讲，恐怕一个拙字在所难免。

　　子规不管是做人，还是作为文学家，都是最不缺乏"拙"的人。跟他来往多年，我都未曾遇见一次可以笑他拙的机会，哪怕一瞬间也没有。在他死后即将十年的今天，从他特意为我画的一枝东菊中，确实让我欣赏到了一个拙字，这个结果不管是让我失笑，还是让我悦服，对我来说都是莫大的兴趣。只是画实在是太凄寒。若是可以，我真想让子规再把这拙处发挥得更宏大点，以补偿这份寂寥落寞。

图书在版编目（CIP）数据

我想做一个能在你的葬礼上描述你一生的人.4／（德）赫尔曼·黑塞等著；钱春绮等译.—哈尔滨：哈尔滨出版社，2023.2
ISBN 978-7-5484-6918-6

Ⅰ.①我… Ⅱ.①赫… ②钱… Ⅲ.①诗集—世界②散文集—世界 Ⅳ.①I11

中国版本图书馆CIP数据核字（2022）第216627号

本书部分文字作品著作权由中国文字著作权协会授权，电话：010-65978917，传真：010-65978926，E-mail：wenzhuxie@126.com。

书　　名：我想做一个能在你的葬礼上描述你一生的人.4
WO XIANG ZUO YI GE NENG ZAI NI DE ZANGLI SHANG MIAOSHU NI YISHENG DE REN.4

作　　者：[德]赫尔曼·黑塞　等著　钱春绮　等译
责任编辑：尉晓敏　孙　迪
封面设计：主语设计

出版发行：哈尔滨出版社（Harbin Publishing House）
社　　址：哈尔滨市香坊区泰山路82-9号　邮编：150090
经　　销：全国新华书店
印　　刷：天津旭丰源印刷有限公司
网　　址：www.hrbcbs.com
E-mail：hrbcbs@yeah.net
编辑版权热线：（0451）87900271　87900272
销售热线：（0451）87900202　87900203

开　本：880mm×1230mm　1/32　　印张：7.5　　字数：140千字
版　次：2023年2月第1版
印　次：2023年2月第1次印刷
书　号：ISBN 978-7-5484-6918-6
定　价：45.00元

凡购本社图书发现印装错误，请与本社印制部联系调换。　服务热线：（0451）87900279